基本		a	ya	ㅓ	ㅗ
羅馬		a	ya	eo	yeo	o

基本母音	ㅛ	ㅜ	ㅠ	ㅡ	ㅣ
羅馬拼音	yo	u	yu	eu	i

複合母音	ㅐ	ㅒ	ㅔ	ㅖ	ㅘ	ㅙ
羅馬拼音	ae	yae	e	ye	wa	wae

複合母音	ㅚ	ㅝ	ㅞ	ㅟ	ㅢ
羅馬拼音	oe	wo	we	wi	ui

基本子音	ㄱ	ㄴ	ㄷ	ㄹ	ㅁ	ㅂ	ㅅ
羅馬拼音	k、g	n	t、d	l、r	m	p、b	s

基本子音	ㅇ	ㅈ	ㅊ	ㅋ	ㅌ	ㅍ	ㅎ
羅馬拼音	ng	j	ch'	k'	t'	p'	h

雙子音	ㄲ	ㄸ	ㅃ	ㅆ	ㅉ
羅馬拼音	kk	tt	pp	ss	jj

韓語發音表

發音表	ㅏ a	ㅑ ya	ㅓ eo	ㅕ yeo
ㄱ k / g	가 ka	갸 kya	거 keo	겨 kyeo
ㄴ n	나 na	냐 nya	너 neo	녀 nyeo
ㄷ t / d	다 ta	댜 tya	더 teo	뎌 tyeo
ㄹ r / l	라 ra	랴 rya	러 reo	려 ryeo
ㅁ m	마 ma	먀 mya	머 meo	며 myeo
ㅂ p / b	바 pa	뱌 pya	버 peo	벼 pyeo
ㅅ s	사 sa	샤 sya	서 seo	셔 syeo
ㅇ (不發音)	아 a	야 ya	어 eo	여 yeo
ㅈ j	자 ja	쟈 jya	저 jeo	져 jyeo
ㅊ ch	차 cha	챠 chya	처 cheo	쳐 chyeo
ㅋ k	카 ka	캬 kya	커 keo	켜 kyeo
ㅌ t	타 ta	탸 tya	터 teo	텨 tyeo
ㅍ p	파 pa	퍄 pya	퍼 peo	펴 pyeo
ㅎ h	하 ha	햐 hya	허 heo	혀 hyeo

韓語發音表

ㅗ o	ㅛ yo	ㅜ u	ㅠ yu	ㅡ eu	ㅣ i
고 ko	교 kyo	구 ku	규 kyu	그 keu	기 ki
노 no	뇨 nyo	누 nu	뉴 nyu	느 neu	니 ni
도 to	됴 tyo	두 tu	듀 tyu	드 teu	디 ti
로 ro	료 ryo	루 ru	류 ryu	르 reu	리 ri
모 mo	묘 myo	무 mu	뮤 myu	므 meu	미 mi
보 po	뵤 pyo	부 pu	뷰 pyu	브 peu	비 pi
소 so	쇼 syo	수 su	슈 syu	스 seu	시 si
오 o	요 yo	우 u	유 yu	으 eu	이 i
조 jo	죠 jyo	주 ju	쥬 jyu	즈 jeu	지 ji
초 cho	쵸 chyo	추 chu	츄 chyu	츠 cheu	치 chi
코 ko	쿄 kyo	쿠 ku	큐 kyu	크 keu	키 ki
토 to	툐 tyo	투 tu	튜 tyu	트 teu	티 ti
포 po	표 pyo	푸 pu	퓨 pyu	프 peu	피 pi
호 ho	효 hyo	후 hu	휴 hyu	흐 heu	히 hi

生活 [韓語單字]

韓語編輯小組　主編

書泉出版社 印行

目次

目次

目次

生活單字

▶ 數字

韓 숫자	中 數字
音 sut-ja 讀法 蘇加	

韓 영	中 零
音 yeong 讀法 用	

韓 공	中 零
音 gong 讀法 空	

韓 하나	中 一
音 ha-na 讀法 哈拿	

韓 둘	中 二
音 dul 讀法 土兒	

韓 셋	中 三
音 set 讀法 塞	

韓 넷	中 四
音 net 讀法 內	

韓 다섯	中 五
音 da-seot 讀法 他蒐	

韓 여섯	中 六
音 yeo-seot 讀法 有蒐	

數字

韓 일곱	中 七
音 il-gop 讀法 伊兒購舖	

韓 여덟	中 八
音 yeo-deol 讀法 有都兒	

韓 아홉	中 九
音 a-hop 讀法 阿厚舖	

韓 열	中 十
音 yeol 讀法 有兒	

韓 열하나	中 十一
音 yeol-ha-na 讀法 有兒哈拿	

韓 열둘	中 十二
音 yeol-dul 讀法 有兒土兒	

韓 열셋	中 十三
音 yeol-set 讀法 有兒塞	

韓 열넷	中 十四
音 yeol-let 讀法 有兒壘	

▶ 數字

韓 열다섯	**中** 十五
音 yeol-da-seot	
讀法 有兒他蒐	

韓 열여섯	**中** 十六
音 yeol-lyeo-seot	
讀法 有兒留蒐	

韓 열일곱	**中** 十七
音 yeol-il-gop	
讀法 有兒伊兒購舖	

韓 열여덟	**中** 十八
音 yeol-lyeo-deol	
讀法 有兒留都兒	

韓 열아홉	**中** 十九
音 yeol-a-hop	
讀法 有兒阿厚舖	

韓 스물	**中** 二十
音 seu-mul **讀法** 澀母兒	

數字

韓	中
韓 스물하나 **音** seu-mul-ha-na **讀法** 澀母兒哈拿	**中** 二十一
韓 서른 **音** seo-reun　**讀法** 蒐冷	**中** 三十
韓 마흔 **音** ma-heun　**讀法** 馬恨	**中** 四十
韓 쉰 **音** swin　**讀法** 遜	**中** 五十
韓 예순 **音** ye-sun　**讀法** 椰孫	**中** 六十
韓 일흔 **音** il-heun　**讀法** 伊愣	**中** 七十
韓 여든 **音** yeo-deun　**讀法** 有蹬	**中** 八十
韓 아흔 **音** a-heun　**讀法** 阿恨	**中** 九十

數字

| 韓 백 | 中 一百 |
| 音 baek 讀法 裴 | |

| 韓 천 | 中 一千 |
| 音 cheon 讀法 衝 | |

| 韓 만 | 中 一萬 |
| 音 man 讀法 慢 | |

| 韓 십만 | 中 十萬 |
| 音 sim-man 讀法 信摁慢 | |

| 韓 백만 | 中 一百萬 |
| 音 baeng-man 讀法 裴恩慢 | |

| 韓 천만 | 中 一千萬 |
| 音 cheon-man 讀法 衝慢 | |

| 韓 억 | 中 一億 |
| 音 eok 讀法 喔 | |

| 韓 첫 번째 | 中 第一 |
| 音 cheot beon-jjae 讀法 草 崩仔 | |

數字

韓 두 번째	中 第二
音 du beon-jjae	
讀法 土 崩仔	

韓 세 번째	中 第三
音 se beon-jjae	
讀法 塞 崩仔	

韓 네 번째	中 第四
音 ne beon-jjae	
讀法 內 崩仔	

韓 다섯 번째	中 第五
音 da-seot beon-jjae	
讀法 他蒐 崩仔	

韓 여섯 번째	中 第六
音 yeo-seot beon-jjae	
讀法 有蒐 崩仔	

韓 일곱 번째	中 第七
音 il-gop beon-jjae	
讀法 伊兒購舖 崩仔	

韓 여덟 번째　　　中 第八
音 yeo-deol beon-jjae
讀法 有都兒 崩仔

韓 아홉 번째　　　中 第九
音 a-hop beon-jjae
讀法 阿厚舖 崩仔

韓 열 번째　　　中 第十
音 yeol beon-jjae
讀法 有兒 崩仔

韓 열한 번째　　　中 第十一
音 yeol-han beon-jjae
讀法 有蘭 崩仔

韓 열두 번째　　　中 第十二
音 yeol-du beon-jjae
讀法 有兒賭 崩仔

韓 열세 번째　　　中 第十三
音 yeol-se beon-jjae
讀法 有兒塞 崩仔

數字

韓 열네 번째

中 第十四

音 yeol-le beon-jjae

讀法 有兒壘 崩仔

韓 열다섯 번째

中 第十五

音 yeol-da-seot beon-jjae

讀法 有兒他蒐 崩仔

韓 열여섯 번째

中 第十六

音 yeol-lyeo-seot beon-jjae

讀法 有兒留蒐 崩仔

韓 열일곱 번째

中 第十七

音 yeol-il-gop beon-jjae

讀法 有兒伊兒購舖 崩仔

韓 열여덟 번째

中 第十八

音 yeol-lyeo-deol beon-jjae

讀法 有兒留都兒 崩仔

韓 열아홉 번째

中 第十九

音 yeol-a-hop beon-jjae

讀法 有兒阿厚舖 崩仔

韓 두 배	中 兩倍
音 du bae 讀法 土 北	

韓 세 배	中 三倍
音 se bae 讀法 塞 北	

韓 이분의 일	中 二分之一
音 i-bu-neui il	
讀法 伊佈呢欸 伊兒	

韓 삼분의 일	中 三分之一
音 sam-bu-neui il	
讀法 散摁佈呢欸 伊兒	

韓 이와 오분의 사	中 二又五分之四
音 i-wa o-bu-neui sa	
讀法 伊娃 哦佈呢欸 薩	

韓 영점 일	中 零點一
音 yeong-jeom il	
讀法 用呞摁 伊兒	

韓 이점 일사	中 二點一四
音 i-jeom il-sa	
讀法 伊呞摁 伊兒薩	

韓 도량형 音 do-ryang-hyeong 讀法 投涼兒	中 度量衡
韓 거리 音 geo-ri 讀法 摳離	中 距離
韓 밀리 音 mil-li 讀法 米兒離	中 公厘，毫米
韓 센치 音 sen-chi 讀法 塞恩氣	中 公分，釐米
韓 미터 音 mi-teo 讀法 米透	中 公尺，米
韓 킬로 音 kil-lo 讀法 嘰兒撂	中 公里，千米；公斤
韓 야드 音 ya-deu 讀法 牙的	中 碼
韓 마일 音 ma-il 讀法 馬伊兒	中 英里

韓 넓이	中 面積
音 neol-bi 讀法 吶兒逼	
韓 평방미터	中 平方公尺
音 pyeong-bang-mi-teo	
讀法 偏幫米透	
韓 평방킬로미터	中 平方公里
音 pyeong-bang-kil-lo-mi-teo	
讀法 偏幫嘰兒摟米透	
韓 아르	中 公畝
音 a-reu 讀法 阿惹	
韓 헥타르	中 公頃
音 hek-ta-reu	
讀法 黑踏惹	
韓 에이커	中 英畝
音 e-i-keo 讀法 欸伊扣	
韓 무게	中 重量
音 mu-ge 讀法 母給	

韓 그램	中 克，公克
音 geu-raem 讀法 可累据	

韓 온스	中 盎司
音 on-seu 讀法 翁澀	

韓 파운드	中 (英) 磅
音 pa-un-deu 讀法 怕嗚恩的	

韓 톤	中 (公) 噸
音 ton 讀法 痛	

韓 부피	中 體積
音 bu-pi 讀法 樸癖	

韓 리터	中 (公) 升
音 ri-teo 讀法 離透	

韓 입방센치	中 立方公分
音 ip-bang-sen-chi 讀法 伊舖幫塞恩氣	

韓 입방미터	中 立方米，立方公尺
音 ip-bang-mi-teo	
讀法 伊舖幫米透	

韓 속도	中 速度
音 sok-do 讀法 嗽豆	

韓 노트	中 海里
音 no-teu 讀法 呢喔忑	

韓 온도	中 溫度
音 on-do 讀法 翁豆	

韓 섭씨	中 攝氏
音 seop-ssi 讀法 蒐舖細	

韓 화씨	中 華氏
音 hwa-ssi 讀法 華細	

年

韓 해 **音** hae **讀法** 嘿	**中** 年
韓 작년 **音** jang-nyeon **讀法** 牆妞恩	**中** 去年
韓 올해 **音** ol-hae **讀法** 哦兒嘿	**中** 今年
韓 내년 **音** nae-nyeon **讀法** 內妞恩	**中** 明年

韓 달	中 月（份）
音 dal 讀法 他兒	

韓 일월	中 1月
音 i-rwol 讀法 伊落兒	

韓 이월	中 2月
音 i-wol 讀法 伊我兒	

韓 삼월	中 3月
音 sa-mwol 讀法 薩抹兒	

韓 사월	中 4月
音 sa-wol 讀法 薩我兒	

韓 오월	中 5月
音 o-wol 讀法 哦我兒	

韓 유월	中 6月
音 yu-wol 讀法 遊我兒	

韓 칠월	中 7月
音 chi-rwol 讀法 氣落兒	

韓 팔월	中 8月
音 pa-rwol 讀法 怕落兒	

韓 **구월**	中 9月
音 gu-wol 讀法 枯我兒	

韓 **시월**	中 10月
音 si-wol 讀法 細我兒	

韓 **십일월**	中 11月
音 si-bi-rwol 讀法 細逼落兒	

韓 **십이월**	中 12月
音 si-bi-wol 讀法 細逼我兒	

韓 **지난 달**	中 上個月
音 ji-nan dal 讀法 奇南 打兒	

韓 **이번 달**	中 這個月
音 i-beon dal 讀法 伊崩 打兒	

韓 **다음 달**	中 下個月
音 da-eum dal 讀法 他摁 打兒	

韓 요일	中 星期
音 yo-il 讀法 優伊兒	

韓 주	中 週
音 ju 讀法 俎	

韓 일요일	中 星期日
音 i-ryo-il 讀法 伊六伊兒	

韓 월요일	中 星期一
音 wo-ryo-il	
讀法 我六伊兒	

韓 화요일	中 星期二
音 hwa-yo-il	
讀法 華優伊兒	

韓 수요일	中 星期三
音 su-yo-il	
讀法 蘇優伊兒	

韓 목요일	中 星期四
音 mo-gyo-il	
讀法 牟哥優伊兒	

韓 금요일	中 星期五
音 geu-myo-il	
讀法 可謬伊兒	

韓 토요일	中 星期六
音 to-yo-il 讀法 頭優伊兒	

韓 일주일	中 一個星期
音 il-ju-il	
讀法 伊兒組伊兒	

韓 지난 주	中 上週
音 ji-nan ju 讀法 奇南 組	

韓 이번 주	中 這週
音 i-beon ju 讀法 伊崩 組	

韓 다음 주	中 下週
音 da-eum ju	
讀法 他摁 組	

韓 주말	中 週末
音 ju-mal 讀法 殂馬兒	

星期

韓 평일	中 平日
音 pyeong-il 讀法 偏伊兒	

韓 휴일	中 假日，休息日
音 hyu-il 讀法 咻伊兒	

韓 경축일	中 節日
音 gyeong-chu-gil	
讀法 柯庸促嘰兒	

韓 일	中 …號，…日
音 il 讀法 伊兒	

韓 일간	中 …天
音 il-gan 讀法 伊兒乾	

韓 시간	中 …小時
音 si-gan 讀法 細乾	

韓 시	中 …點
音 si 讀法 細	

韓 분	中 …分
音 bun 讀法 僕恩	

韓 초	中 …秒
音 cho 讀法 溴	

韓 그저께	中 前天
音 geu-jeo-kke 讀法 可鄒給	

韓 어제	中 昨天
音 eo-je 讀法 歐賊	

韓 오늘	中 今天
音 o-neul　讀法 哦呢兒	

韓 내일	中 明天
音 nae-il　讀法 內伊兒	

韓 모레	中 後天
音 mo-re　讀法 某壘	

韓 오전	中 上午
音 o-jeon　讀法 哦焗	

韓 오후	中 下午
音 o-hu　讀法 哦呼	

韓 한 시	中 1點
音 han si　讀法 酣 細	

韓 두 시	中 2點
音 du si　讀法 土 細	

韓 세 시	中 3點
音 se si　讀法 塞 細	

韓 네 시	中 4點
音 ne si　讀法 內 細	

韓 다섯 시 音 da-seot si 讀法 他蒐 細	中 5點
韓 여섯 시 音 yeo-seot si 讀法 有蒐 細	中 6點
韓 일곱 시 音 il-gop si 讀法 伊兒購舖 細	中 7點
韓 여덟 시 音 yeo-deol si 讀法 有都兒 細	中 8點
韓 아홉 시 音 a-hop si 讀法 阿厚舖 細	中 9點
韓 열 시 音 yeol si　讀法 有兒 細	中 10點

韓	中
열한 시 音 yeol-han si 讀法 有蘭 細	11點
열두 시 音 yeol-du si 讀法 有兒賭 細	12點
날짜 音 nal-jja　讀法 拿兒甲	日期
아침 音 a-chim　讀法 阿沁摁	早上，早晨
낮 音 nat　讀法 哪	白天，中午
저녁 音 jeo-nyeok　讀法 丘扭	傍晚
밤 音 bam　讀法 趴摁	夜晚，晚上
심야 音 si-mya　讀法 細米牙	深更半夜，深夜

季節

韓 계절 音 gye-jeol 讀法 柯欸鄒兒	中 季節
韓 봄 音 bom 讀法 捧摁	中 春天
韓 여름 音 yeo-reum 讀法 有愣摁	中 夏天
韓 가을 音 ga-eul 讀法 咖耳	中 秋天
韓 겨울 音 gyeo-ul 讀法 柯憂嗚兒	中 冬天

韓 기상	中 氣象
音 gi-sang 讀法 柯伊桑	

韓 하늘	中 天，天空
音 ha-neul 讀法 哈呢兒	

韓 땅	中 土，地面，領土，地方
音 ttang 讀法 當	

韓 산	中 山
音 san 讀法 三	

韓 바다	中 海
音 ba-da 讀法 趴打	

韓 강	中 江，河
音 gang 讀法 扛	

韓 호수	中 湖泊
音 ho-su 讀法 齁蘇	

韓 해	中 太陽
音 hae 讀法 嘿	

韓 달 音 dal　讀法 他兒	中 月
韓 별 音 byeol　讀法 皮憂兒	中 星星
韓 바람 音 ba-ram　讀法 趴浪	中 風
韓 맑음 音 mal-geum 讀法 馬兒革摁	中 晴天
韓 쾌청 音 kwae-cheong 讀法 窺蔥	中 晴空萬里
韓 흐림 音 heu-rim　讀法 喝凜摁	中 陰天
韓 비 音 bi　讀法 皮	中 雨

韓 가랑비	中 小雨
音 ga-rang-bi	
讀法 咖啷比	

韓 호우	中 豪雨
音 ho-u 讀法 齁嗚	

韓 눈	中 雪
音 nun 讀法 努恩	

韓 눈사태	中 雪崩
音 nun-sa-tae	
讀法 努恩薩泰	

韓 진눈깨비	中 霙，雪雨
音 jin-nun-kkae-bi	
讀法 親努恩給比	

韓 안개	中 霧
音 an-gae 讀法 安給	

韓 천둥	中 雷
音 cheon-dung 讀法 衝咚	

大自然

韓 우레 音 u-re 讀法 嗚壘	中 雷，雷鳴
韓 뇌우 音 noe-u 讀法 奴欸嗚	中 雷雨
韓 태풍 音 tae-pung 讀法 泰撲恩	中 颱風
韓 스콜 音 seu-kol 讀法 澀扣兒	中 暴風
韓 기온 音 gi-on 讀法 柯伊翁	中 氣溫
韓 습도 音 seup-do 讀法 澀餔豆	中 濕度
韓 풍력 音 pung-ryeok 讀法 撲恩留	中 風力
韓 기압 音 gi-ap 讀法 柯伊阿餔	中 氣壓

韓 고기압	中 高氣壓
音 go-gi-ap	
讀法 口嘰阿舖	

韓 저기압	中 低氣壓
音 jeo-gi-ap	
讀法 丘嘰阿舖	

樹

韓 나무	中 樹
音 na-mu 讀法 拿母	

韓 뿌리	中 根
音 ppu-ri 讀法 晡離	

韓 줄기	中 樹幹
音 jul-gi 讀法 俎兒嘰	

韓 가지	中 樹枝
音 ga-ji 讀法 咖幾	

韓 싹	中 芽
音 ssak 讀法 薩	

韓 움	中 芽
音 um 讀法 運摁	

韓 잎	中 葉子
音 ip 讀法 伊舖	

韓 열매	中 果實
音 yeol-mae 讀法 有兒美	

韓 씨	中 種子
音 ssi 讀法 細	

韓 종자 **音** jong-ja **讀法** 蔥加	**中** 種子
韓 솔 **音** sol **讀法** 叟兒	**中** 松
韓 소나무 **音** so-na-mu **讀法** 叟拿母	**中** 松樹
韓 삼나무 **音** sam-na-mu **讀法** 散摁拿母	**中** 杉樹
韓 버드나무 **音** beo-deu-na-mu **讀法** 婆的拿母	**中** 柳樹
韓 대 **音** dae **讀法** 台	**中** 竹
韓 대나무 **音** dae-na-mu **讀法** 台拿母	**中** 竹

韓 자작나무
音 ja-jang-na-mu
讀法 茶醬拿母

中 白樺樹

韓 은행나무
音 eun-haeng-na-mu
讀法 恩嘿恩拿母

中 銀杏樹

韓 느티나무
音 neu-ti-na-mu
讀法 呢替拿母

中 欅樹

韓 밤나무
音 bam-na-mu
讀法 趴摁拿母

中 栗子樹

韓 벚나무
音 beon-na-mu
讀法 烹拿母

中 櫻花樹

韓 아카시아
音 a-ka-si-a
讀法 阿喀細阿

中 洋槐樹

韓 동백나무 音 dong-baeng-na-mu 讀法 通北恩拿母	中 冬柏樹
韓 매화나무 音 mae-hwa-na-mu 讀法 美華拿母	中 梅花樹
韓 야자나무 音 ya-ja-na-mu 讀法 牙加拿母	中 椰子樹

花

韓	中
꽃 音 kkot　讀法 夠	花
민들레 音 min-deul-le 讀法 民的兒壘	蒲公英
유채꽃 音 yu-chae-kkot 讀法 遊脆夠	油菜花
튤립 音 tyul-lip　讀法 兔兒離舖	鬱金香
수국 音 su-guk　讀法 蘇古	繡球花
장미 音 jang-mi　讀法 牆米	玫瑰，薔薇
해바라기 音 hae-ba-ra-gi 讀法 嘿八拉嘰	向日葵

韓 나팔꽃 **音** na-pal-kkot **讀法** 拿怕兒夠	**中** 牽牛花
韓 백합 **音** baek-hap　**讀法** 裴喀舖	**中** 百合
韓 붓꽃 **音** but-kkot　**讀法** 樸夠	**中** 菖蒲
韓 국화 **音** guk-hwa　**讀法** 枯誇	**中** 菊花
韓 코스모스 **音** ko-seu-mo-seu **讀法** 扣澀某澀	**中** 大波斯菊
韓 동백 **音** dong-baek　**讀法** 通北	**中** 山茶
韓 수선화 **音** su-seon-hwa **讀法** 蘇鬆華	**中** 水仙

花

韓 시클라멘
音 si-keul-la-men
讀法 細克兒拉咩恩

中 仙客來

韓 카네이션
音 ka-ne-i-syeon
讀法 喀內伊兕

中 康乃馨

韓 마거릿
音 ma-geo-rit
讀法 馬勾離

中 瑪格麗特

韓 스위트피
音 seu-wi-teu-pi
讀法 澀威丕癖

中 甜豌豆

韓 숙근초
音 suk-geun-cho
讀法 蘇更溇

中 非洲菊

韓 난
音 nan **讀法** 南

中 蘭花

韓 미모사
音 mi-mo-sa **讀法** 米某薩

中 含羞草

花

韓 제비꽃 **音** je-bi-kkot **讀法** 裁比夠	**中** 紫羅蘭
韓 모란 **音** mo-ran **讀法** 某啷	**中** 牡丹
韓 수련 **音** su-ryeon **讀法** 蘇留恩	**中** 睡蓮
韓 무궁화 **音** mu-gung-hwa **讀法** 母公華	**中** 木槿

韓 동쪽 音 dong-jjok　讀法 通走	中 東，東方
韓 서쪽 音 seo-jjok　讀法 蒐走	中 西，西方
韓 남쪽 音 nam-jjok　讀法 難摁走	中 南，南方
韓 북쪽 音 buk-jjok　讀法 僕走	中 北，北方

韓 얼굴 音 eol-gul 讀法 歐兒咕兒	中 臉
韓 머리카락 音 meo-ri-ka-rak 讀法 模離喀拉	中 頭髮
韓 이마 音 i-ma 讀法 伊馬	中 額頭
韓 눈 音 nun 讀法 努恩	中 眼睛
韓 눈썹 音 nun-sseop 讀法 努恩嗽鋪	中 眉毛
韓 속눈썹 音 song-nun-sseop 讀法 送努恩嗽鋪	中 睫毛
韓 귀 音 gwi 讀法 魁伊	中 耳朵

韓 코 音 ko　讀法 扣	中 鼻子，鼻水
韓 입 音 ip　讀法 伊舖	中 嘴
韓 입술 音 ip-sul　讀法 伊舖蘇兒	中 嘴唇
韓 혀 音 hyeo　讀法 喝憂	中 舌頭
韓 이 音 i　讀法 伊	中 牙齒
韓 이빨 音 i-ppal　讀法 伊爸兒	中 牙齒
韓 턱 音 teok　讀法 透	中 下巴

韓 몸 音 mom　讀法 某摁	中 身體
韓 신체 音 sin-che　讀法 新脆	中 身體
韓 육체 音 yuk-che　讀法 油脆	中 肉體，身體
韓 목 音 mok　讀法 牟	中 脖子，喉嚨
韓 어깨 音 eo-kkae　讀法 歐給	中 肩膀
韓 가슴 音 ga-seum　讀法 咖滲摁	中 胸部
韓 배 音 bae　讀法 裴	中 腹部，肚子
韓 팔 音 pal　讀法 怕兒	中 臂，胳膊

身體

韓	中
韓 팔꿈치 **音** pal-kkum-chi **讀法** 怕兒咕摁氣	**中** 手肘
韓 손목 **音** son-mok **讀法** 松牟	**中** 手腕
韓 손 **音** son **讀法** 松	**中** 手(自手腕到指尖處)
韓 손바닥 **音** son-ba-dak **讀法** 松八打	**中** 手掌
韓 손가락 **音** son-ga-rak **讀法** 松嘎拉	**中** 手指
韓 손톱 **音** son-top **讀法** 松透舖	**中** 手指甲
韓 등 **音** deung **讀法** 騰	**中** 背

韓 허리 音 heo-ri　讀法 齁離	中 腰
韓 엉덩이 音 eong-deong-i 讀法 歐恩咚伊	中 屁股
韓 다리 音 da-ri　讀法 他離	中 腳，腿
韓 허벅다리 音 heo-beok-da-ri 讀法 齁剝打離	中 大腿
韓 무릎 音 mu-reup　讀法 母惹舖	中 膝蓋
韓 장딴지 音 jang-ttan-ji 讀法 牆噹幾	中 腿肚
韓 발목 音 bal-mok　讀法 趴兒牟	中 腳踝

韓 발 音 bal 讀法 趴兒	中 腳（自腳踝到腳指尖處）
韓 발바닥 音 bal-ba-dak 讀法 趴兒八打	中 腳掌
韓 발가락 音 bal-ga-rak 讀法 趴兒嘎拉	中 腳趾

韓	中
뇌 音 noe 讀法 奴欽	腦
뼈 音 ppyeo 讀法 必有	骨頭
근육 音 geu-nyuk 讀法 可你無	肌肉
혈관 音 hyeol-gwan 讀法 喝有兒管	血管
신경 音 sin-gyeong 讀法 新哥庸	神經
기관지 音 gi-gwan-ji 讀法 柯伊管幾	支氣管
식도 音 sik-do 讀法 西豆	食道

韓 폐 音 pye　讀法 陪	中 肺（臟）
韓 심장 音 sim-jang　讀法 信摳醬	中 心臟
韓 위 音 wi　讀法 威	中 胃
韓 대장 音 dae-jang　讀法 台醬	中 大腸
韓 소장 音 so-jang　讀法 叟醬	中 小腸
韓 십이지장 音 si-bi-ji-jang 讀法 細逼幾醬	中 十二指腸
韓 맹장 音 maeng-jang 讀法 美恩醬	中 盲腸，闌尾
韓 간장 音 gan-jang　讀法 看醬	中 肝臟

韓 췌장	中 胰臟
音 chwe-jang 讀法 催醫	
韓 신장	中 腎臟
音 sin-jang 讀法 新醫	

疾病 1

韓 병 音 byeong 讀法 皮用	中 病
韓 질병 音 jil-byeong 讀法 奇兒比用	中 疾病
韓 이질 音 i-jil 讀法 伊幾兒	中 痢疾
韓 콜레라 音 kol-le-ra 讀法 扣兒壘拉	中 霍亂
韓 장티푸스 音 jang-ti-pu-seu 讀法 牆替舖澀	中 傷寒
韓 말라리아 音 mal-la-ri-a 讀法 馬兒拉離阿	中 瘧疾
韓 디프테리아 音 di-peu-te-ri-a 讀法 踢波泰離阿	中 白喉

韓	中
결핵 音 gyeol-haek 讀法 柯憂壘	結核
에이즈 音 e-i-jeu　讀法 欸伊子	愛滋病
알츠하이머 병 音 al-cheu-ha-i-meo byeong 讀法 阿兒測哈伊模 皮用	阿茲海默症
홍역 音 hong-yeok　讀法 烘喲	麻疹
감기 音 gam-gi　讀法 咖摁嘰	感冒
유행성 이하선염 音 yu-haeng-seong i-ha-seo-nyeom 讀法 遊黑恩送 伊哈蒐紐摁	流行性腮腺炎
암 音 am　讀法 阿摁	癌（症）

疾病

韓 두통 音 du-tong 讀法 土痛	中 頭痛
韓 생리통 音 saeng-ri-tong 讀法 塞恩離痛	中 生理痛，經痛
韓 식중독 音 sik-jung-dok 讀法 西組恩抖	中 食物中毒
韓 맹장염 音 maeng-jang-yeom 讀法 美恩醬有摁	中 盲腸炎，闌尾炎
韓 복통 音 bok-tong 讀法 剖痛	中 腹痛
韓 스트레스 音 seu-teu-re-seu 讀法 澀乛壘澀	中 精神壓力，疲勞
韓 충치 音 chung-chi 讀法 叿氣	中 蛀牙，齲齒

韓 염좌 **音** yeom-jwa **讀法** 有摁爪	**中** 扭傷，挫傷
韓 골절 **音** gol-jeol **讀法** 口兒鄒兒	**中** 骨折
韓 타박 **音** ta-bak　**讀法** 踏吧	**中** 打撲，碰傷
韓 탈구 **音** tal-gu　**讀法** 踏兒咕	**中** 脫臼

醫院

韓 병원 音 byeong-won 讀法 皮用溫	中 醫院
韓 응급병원 音 eung-geup-byeong-won 讀法 恩革舖比用溫	中 急救醫院
韓 종합병원 音 jong-hap-byeong-won 讀法 蔥哈舖皮用溫	中 綜合醫院
韓 의사 音 ui-sa　讀法 鵝伊薩	中 醫生，大夫
韓 간호사 音 gan-ho-sa　讀法 看吼薩	中 護士
韓 약사 音 yak-sa　讀法 呀薩	中 藥劑師
韓 환자 音 hwan-ja　讀法 換加	中 患者，病人

韓 진찰실 **音** jin-chal-sil **讀法** 親掐兒細兒	**中** 診療室， 門診區
韓 수술실 **音** su-sul-sil **讀法** 蘇蘇兒細兒	**中** 手術房
韓 병동 **音** byeong-dong **讀法** 皮用咚	**中** 病房大樓
韓 병실 **音** byeong-sil **讀法** 皮用細兒	**中** 病房
韓 약국 **音** yak-guk **讀法** 呀古	**中** 藥局
韓 내과 **音** nae-gwa **讀法** 內寡	**中** 內科
韓 외과 **音** oe-gwa **讀法** 唯寡	**中** 外科

醫院

韓 치과 音 chi-gwa　讀法 氣寡	中 齒科
韓 안과 音 an-gwa　讀法 安寡	中 眼科
韓 산부인과 音 san-bu-in-gwa 讀法 三哺因寡	中 婦產科
韓 소아과 音 so-a-gwa　讀法 叟阿寡	中 小兒科
韓 이비인후과 音 i-bi-in-hu-gwa 讀法 伊比因呼寡	中 耳鼻喉科
韓 성형외과 音 seong-hyeong-oe-gwa 讀法 送兄唯寡	中 整形外科
韓 엑스레이 音 ek-seu-re-i 讀法 欸澀壘伊	中 X光

韓 가게	中 店
音 ga-ge 讀法 咖給	

韓 상점	中 商店
音 sang-jeom 讀法 桑冏摁	

韓 야채가게	中 蔬菜店
音 ya-chae-ga-ge 讀法 牙脆嘎給	

韓 꽃집	中 鮮花店
音 kkot-jip 讀法 夠幾舖	

韓 생선가게	中 魚店
音 saeng-seon-ga-ge 讀法 塞恩鬆嘎給	

韓 정육점	中 肉店
音 jeong-yuk-jeom 讀法 穹油冏摁	

韓 술가게	中 酒店，酒舖
音 sul-ga-ge 讀法 蘇兒嘎給	

| 韓 **빵집** | 中 麵包店 |
| 音 ppang-jip　讀法 幫幾舖 | |

| 韓 **약국** | 中 藥局 |
| 音 yak-guk　讀法 呀古 | |

| 韓 **문방구** | 中 文具店 |
| 音 mun-bang-gu
讀法 母恩幫咕 | |

| 韓 **문구점** | 中 文具店 |
| 音 mun-gu-jeom
讀法 母恩咕冏摁 | |

| 韓 **신발가게** | 中 鞋店 |
| 音 sin-bal-ga-ge
讀法 新八兒嘎給 | |

| 韓 **책방** | 中 書店 |
| 音 chaek-bang
讀法 脆幫 | |

| 韓 **잡화점** | 中 雜貨店，
雜貨舖 |
| 音 jap-hwa-jeom
讀法 茶剖阿冏摁 | |

韓 시계방 中 鐘錶店
音 si-gye-bang
讀法 細給幫

韓 이발소 中 理髮店
音 i-bal-so
讀法 伊八兒叟

韓 세탁소 中 洗衣店
音 se-tak-so 讀法 塞踏叟

韓 담배가게 中 菸店
音 dam-bae-ga-ge
讀法 他摁北嘎給

韓 양과자점 中 西點店
音 yang-gwa-ja-jeom
讀法 洋寡加冏摁

韓 완구점 中 玩具店
音 wan-gu-jeom
讀法 玩咕冏摁

商店

韓 복덕방 **音** bok-deok-bang **讀法** 剖兜幫	**中** 不動產仲介商
韓 가구점 **音** ga-gu-jeom **讀法** 咖咕圈摁	**中** 家具店
韓 구내매점 **音** gu-nae-mae-jeom **讀法** 枯內美圈摁	**中** 車站商店
韓 슈퍼마켓 **音** syu-peo-ma-ket **讀法** 西屋潑馬科欽	**中** 超級市場
韓 백화점 **音** baek-hwa-jeom **讀法** 裴誇圈摁	**中** 百貨公司，百貨商場

| 韓 옷 | 中 衣服 |
| 音 ot 讀法 哦 | |

| 韓 의복 | 中 衣服 |
| 音 ui-bok 讀法 鵝伊蔔 | |

| 韓 양복 | 中 西裝 |
| 音 yang-bok 讀法 洋蔔 | |

| 韓 바지 | 中 褲子 |
| 音 ba-ji 讀法 趴幾 | |

韓 슬랙스	中 休閒褲
音 seul-laek-seu	
讀法 澀兒咧澀	

韓 스커트	中 裙子
音 seu-keo-teu	
讀法 澀扣忑	

韓 미니스커트	中 迷你裙
音 mi-ni-seu-keo-teu	
讀法 米你澀扣忑	

服飾

韓 원피스 音 won-pi-seu 讀法 溫癖澀	中 連身裙
韓 셔츠 音 syeo-cheu 讀法 繡測	中 襯衫
韓 폴로셔츠 音 pol-lo-syeo-cheu 讀法 舖兒摟繡測	中 POLO杉
韓 T셔츠 音 ti-syeo-cheu 讀法 踢繡測	中 T恤
韓 스웨터 音 seu-we-teo 讀法 澀委透	中 毛衣
韓 터틀 넥 音 teo-teul nek 讀法 透忑兒 餒	中 高領

韓 베스트
音 be-seu-teu
讀法 裴澀忑
中 背心

韓 블라우스
音 beul-la-u-seu
讀法 波兒拉嗚澀
中 女用襯衫

韓 기모노
音 gi-mo-no
讀法 柯伊某呢喔
中 和服

韓 코트
音 ko-teu
讀法 扣忑
中 大衣

韓 자켓
音 ja-ket **讀法** 茶科欬
中 外套，夾克

韓 오리털 자켓
音 o-ri-teol ja-ket
讀法 哦離透兒 茶科欬
中 羽絨衣

韓 우비 音 u-bi 讀法 嗚比	中 雨衣
韓 긴소매 音 gin-so-mae 讀法 柯伊恩叟美	中 長袖
韓 반소매 音 ban-so-mae 讀法 盤叟美	中 短袖
韓 슬리브리스 音 seul-li-beu-li-seu 讀法 澀兒離撥離澀	中 無袖
韓 벨트 音 bel-teu 讀法 裴兒疋	中 皮帶，腰帶
韓 넥타이 音 nek-ta-i 讀法 餕踏伊	中 領帶
韓 머플러 音 meo-peul-leo 讀法 模波兒囉	中 圍巾

韓 스카프 **音** seu-ka-peu **讀法** 澀咯波	**中** 領巾，絲巾
韓 장갑 **音** jang-gap　**讀法** 牆嘎舖	**中** 手套
韓 신 **音** sin　**讀法** 新	**中** 鞋（子）
韓 구두 **音** gu-du　**讀法** 枯賭	**中** 鞋，皮鞋
韓 양말 **音** yang-mal **讀法** 洋馬兒	**中** 襪子
韓 치마 **音** chi-ma　**讀法** 氣馬	**中** （女性韓服的）裙子
韓 저고리 **音** jeo-go-ri　**讀法** 丘苟離	**中** 韓服的短上衣

韓 모자 音 mo-ja 讀法 某加	中 帽子
韓 헤어핀 音 he-eo-pin 讀法 嘿歐聘	中 髮夾
韓 머리핀 音 meo-ri-pin 讀法 模離聘	中 髮夾
韓 안경 音 an-gyeong 讀法 安哥庸	中 眼鏡
韓 선글라스 音 seon-geul-la-seu 讀法 鬆革兒拉澀	中 太陽眼鏡
韓 목도리 音 mok-do-ri 讀法 牟豆離	中 圍巾

配件與珠寶　067

韓	中
스카프 音 seu-ka-peu 讀法 澀喀波	領巾，絲巾
장갑 音 jang-gap　讀法 牆嘎舖	手套
손수건 音 son-su-geon 讀法 松蘇拱	手帕
벨트 音 bel-teu　讀法 裴兒忑	皮帶
우산 音 u-san　讀法 嗚三	雨傘
양산 音 yang-san　讀法 洋三	陽傘
귀걸이 音 gwi-geo-ri 讀法 魁伊勾離	耳環

韓 피어스 音 pi-eo-seu 讀法 癖歐澀	中 耳環（耳針式）
韓 이어링 音 i-eo-ring 讀法 伊歐令	中 耳環
韓 목걸이 音 mok-geo-ri 讀法 牟勾離	中 項鍊
韓 팔찌 音 pal-jji 讀法 怕兒幾	中 手環，手鐲
韓 반지 音 ban-ji 讀法 盤幾	中 戒指
韓 넥타이핀 音 nek-ta-i-pin 讀法 餒踏伊聘	中 領帶夾
韓 펜던트 音 pen-deon-teu 讀法 偏噔忑	中 吊飾，垂飾

韓 지갑	**中** 錢包
音 ji-gap **讀法** 奇嘎舖	
韓 핸드백	**中** 手提包
音 haen-deu-baek	
讀法 嘿恩的北	
韓 구두	**中** 鞋子
音 gu-du **讀法** 枯賭	
韓 운동화	**中** 運動鞋
音 un-dong-hwa	
讀法 嗚恩咚華	
韓 향수	**中** 香水
音 hyang-su **讀法** 喝央蘇	
韓 브로치	**中** 別針
音 beu-ro-chi	
讀法 波攏氣	
韓 실	**中** 線
音 sil **讀法** 細兒	

韓 커프스 버튼 音 keo-peu-seu beo-teun 讀法 扣波澀 婆藤	中 袖扣
韓 단추 音 dan-chu　讀法 湯促	中 鈕扣
韓 옷감 音 ot-gam　讀法 哦敢摁	中 材質
韓 바늘 音 ba-neul　讀法 趴呢兒	中 針
韓 보석 音 bo-seok　讀法 剖蒐	中 寶石
韓 순금 音 sun-geum 讀法 孫革摁	中 純金
韓 은 音 eun　讀法 恩	中 銀

韓	中
백금 音 baek-geum 讀法 裴革摁	白金
다이아몬드 音 da-i-a-mon-deu 讀法 他伊阿蒙的	鑽石
에메랄드 音 e-me-ral-deu 讀法 欸妹拉兒的	綠寶石
오팔 音 o-pal　讀法 哦怕兒	蛋白石
루비 音 ru-bi　讀法 嚕比	紅寶石
진주 音 jin-ju　讀法 親組	珍珠

化妝品 2

韓 **화장품**	中 化妝品
音 hwa-jang-pum 讀法 華醬舖摁	

韓 **루즈**	中 脣膏，口 紅
音 ru-jeu　讀法 嚕子	

韓 **립스틱**	中 口紅，脣 膏
音 rip-seu-tik 讀法 離舖澀替	

韓 **아이섀도**	中 眼影
音 a-i-syae-do 讀法 阿伊寫豆	

韓 **마스카라**	中 睫毛膏
音 ma-seu-ka-ra 讀法 馬澀喀拉	

韓 **립크림**	中 脣膏
音 rip-keu-rim 讀法 離舖克凜摁	

20 化妝品

073

韓 립글로스
音 rip-geul-lo-seu
讀法 離餔革兒摟澀

中 唇彩

韓 스킨
音 seu-kin
讀法 澀科伊恩

中 化妝水

韓 로션
音 ro-syeon 讀法 摟兌

中 乳液

韓 클렌징 크림
音 keul-len-jing keu-rim
讀法 克兒疊恩精 克凜摁

中 卸妝乳

韓 콜드 크림
音 kol-deu keu-rim
讀法 扣兒的 克凜摁

中 冷霜

韓 파운데이션
音 pa-un-de-i-syeon
讀法 怕嗚恩得伊兌

中 粉底

韓 팩
音 paek 讀法 配

中 面膜

韓 포밍 클렌저 音 po-ming keul-len-jeo 讀法 剖名 克兒墨恩鄒	中 洗面劑，洗面乳
韓 선탠 크림 音 seon-taen keu-rim 讀法 鬆泰恩 克凜摁	中 防曬霜
韓 선크림 音 seon-keu-rim 讀法 鬆克凜摁	中 防曬霜
韓 샴푸 音 syam-pu 讀法 瞎摁舖	中 洗髮精
韓 린스 音 rin-seu 讀法 淋澀	中 潤絲精，護髮素
韓 트리트먼트 音 teu-ri-teu-meon-teu 讀法 忑離忑矇忑	中 護髮
韓 비누 音 bi-nu 讀法 皮努	中 肥皂，香皂

韓 컷	中 剪髮，…剪
音 keot 讀法 扣	

韓 파마	中 燙髮
音 pa-ma 讀法 怕馬	

韓 염색	中 染髮
音 yeom-saek	
讀法 有摁塞	

韓 세팅	中 做造型
音 se-ting 讀法 塞聽	

韓 말리다	中 吹乾
音 mal-li-da	
讀法 馬兒離打	

韓 정리하다	中 整理（頭髮）
音 jeong-ri-ha-da	
讀法 穹離哈打	

韓 깎다	中 剃
音 kkak-da 讀法 嘎打	

韓 기르다 音 gi-reu-da 讀法 柯伊惹打	中 留長
韓 면도하다 音 myeon-do-ha-da 讀法 謬恩豆哈打	中 刮鬍子
韓 수염 音 su-yeom 讀法 蘇有攄	中 鬍子
韓 앞머리 音 am-meo-ri 讀法 阿攄模離	中 瀏海
韓 머리를 감다 音 meo-ri-reul gam-da 讀法 模離惹兒 咖攄打	中 洗頭
韓 마사지 音 ma-sa-ji 讀法 馬薩幾	中 馬殺雞， 按摩
韓 빗 音 bit 讀法 皮	中 梳子

1 美容美髮

韓 코팅
音 ko-ting **讀法** 扣聽
中 護髮

韓 가르마
音 ga-reu-ma
讀法 咖惹馬
中 頭髮分界線

韓 다듬다
音 da-deum-da
讀法 他蹬摁打
中 整修

韓 단정하다
音 dan-jeong-ha-da
讀法 湯烔哈打
中 弄整齊

肉

韓 고기 音 go-gi　讀法 口嘰	中 肉
韓 소고기 音 soe-go-gi　讀法 雖苟嘰	中 牛肉
韓 송아지 音 song-a-ji　讀法 送阿幾	中 小牛肉
韓 돼지고기 音 dwae-ji-go-gi 讀法 推幾苟嘰	中 豬肉
韓 닭고기 音 dak-go-gi 讀法 他苟嘰	中 雞肉
韓 오리 音 o-ri　讀法 哦離	中 野鴨，鴨肉
韓 양고기 音 yang-go-gi 讀法 洋苟嘰	中 羊肉

肉

韓 **어린 양고기**	中 小羊肉，羔羊肉
音 eo-rin yang-go-gi	
讀法 歐淋 洋苟嘰	

韓 **다진 고기**	中 絞肉
音 da-jin go-gi	
讀法 他金 苟嘰	

韓 **살코기**	中 瘦肉
音 sal-ko-gi	
讀法 薩兒扣嘰	

韓 **로스**	中 腰脊肉，沙朗
音 ro-seu 讀法 摟澀	

韓 **등심**	中 腰脊肉，沙朗
音 deung-sim	
讀法 騰信摁	

韓 **허리 고기**	中 腰肉
音 heo-ri go-gi	
讀法 齁離 苟嘰	

肉

韓 안심살 音 an-sim-sal 讀法 安信摁薩兒	中 里肌肉， 菲力
韓 등심살 音 deung-sim-sal 讀法 騰信摁薩兒	中 腰内肉， 菲力
韓 소 혓바닥 音 so hyeot-ba-dak 讀法 叟 喝憂八打	中 牛舌
韓 간 音 gan 讀法 看	中 肝
韓 닭다리살 音 dak-da-ri-sal 讀法 他打離薩兒	中 雞腿
韓 햄 音 haem 讀法 嘿摁	中 火腿
韓 생햄 音 saeng-haem 讀法 塞恩嘿摁	中 生火腿

韓 훈제	**中** 燻製肉品
音 hun-je　**讀法** 呼恩賊	

韓 소시지	**中** 香腸，臘腸
音 so-si-ji　**讀法** 叟細幾	

韓 베이컨	**中** 培根
音 be-i-keon　**讀法** 裴伊扣恩	

韓 살라미 소시지	**中** 義大利沙樂美腸
音 sal-la-mi so-si-ji　**讀法** 薩兒拉米 叟細幾	

韓 생선	**中** 魚
音 saeng-seon　**讀法** 塞恩鬆	

韓 야채 音 ya-chae　讀法 牙脆	中 蔬菜
韓 오이 音 o-i　讀法 哦伊	中 小黃瓜
韓 가지 音 ga-ji　讀法 咖幾	中 茄子
韓 당근 音 dang-geun　讀法 湯更	中 紅蘿蔔
韓 무 音 mu　讀法 母	中 白蘿蔔
韓 감자 音 gam-ja　讀法 咖撾加	中 馬鈴薯
韓 토란 音 to-ran　讀法 頭嘟	中 芋頭
韓 호박 音 ho-bak　讀法 齁吧	中 南瓜
韓 우엉 音 u-eong　讀法 嗚歐恩	中 牛蒡

蔬菜

韓 배추
音 bae-chu　**讀法** 裴促

中 白菜

韓 시금치
音 si-geum-chi
讀法 細革摁氣

中 菠菜

韓 파
音 pa　**讀法** 怕

中 蔥

韓 양파
音 yang-pa　**讀法** 洋怕

中 洋蔥

韓 강낭콩
音 gang-nang-kong
讀法 扛曩孔

中 四季豆

韓 풋콩
音 put-kong
讀法 噗孔

中 毛豆

韓 마늘
音 ma-neul　**讀法** 馬呢兒

中 大蒜，蒜

蔬菜

韓 토마토 **音** to-ma-to　**讀法** 頭馬頭	**中** 番茄
韓 피망 **音** pi-mang　**讀法** 癖忙	**中** 青椒
韓 양배추 **音** yang-bae-chu **讀法** 洋北促	**中** 高麗菜， 捲心菜
韓 싹 양배추 **音** ssak yang-bae-chu **讀法** 薩 洋北促	**中** 芽甘藍
韓 양상추 **音** yang-sang-chu **讀法** 洋桑促	**中** 萵苣
韓 아스파라거스 **音** a-seu-pa-ra-geo-seu **讀法** 阿澀怕拉勾澀	**中** 蘆筍
韓 꽃 양배추 **音** kkot yang-bae-chu **讀法** 夠 洋北促	**中** 花椰菜

韓 브로콜리
音 beu-ro-kol-li
讀法 波摟扣兒離
中 青花菜

韓 셀러리
音 sel-leo-ri
讀法 塞兒囉離
中 芹菜

韓 파슬리
音 pa-seul-li
讀法 怕澀兒離
中 荷蘭芹，西洋芹

韓 완두콩
音 wan-du-kong
讀法 玩賭孔
中 青豌豆

韓 옥수수
音 ok-su-su **讀法** 哦蘇蘇
中 玉米

韓 버섯
音 beo-seot **讀法** 婆蒐
中 菇，蕈類

韓 숙주나물
音 suk-ju-na-mul
讀法 蘇組拿母兒
中 豆芽，豆芽菜

韓 순무	中 蕪菁
音 sun-mu 讀法 孫母	
韓 동아	中 冬瓜
音 dong-a 讀法 通阿	
韓 부추	中 韭菜
音 bu-chu 讀法 僕促	
韓 연근	中 蓮藕
音 yeon-geun 讀法 庸更	
韓 자고	中 慈菇
音 ja-go 讀法 茶茍	
韓 죽순	中 竹筍
音 juk-sun 讀法 姐孫	

| 韓 과일 | 中 水果 |
| 音 gwa-il 讀法 誇伊兒 | |

| 韓 살구 | 中 杏桃 |
| 音 sal-gu 讀法 薩兒咕 | |

| 韓 딸기 | 中 草莓 |
| 音 ttal-gi 讀法 大兒嘰 | |

| 韓 오렌지 | 中 柳丁 |
| 音 o-ren-ji 讀法 哦壘恩幾 | |

| 韓 키위 | 中 奇異果 |
| 音 ki-wi 讀法 起威 | |

| 韓 자몽 | 中 葡萄柚 |
| 音 ja-mong 讀法 茶盟 | |

| 韓 체리 | 中 櫻桃 |
| 音 che-ri 讀法 脆離 | |

| 韓 수박 | 中 西瓜 |
| 音 su-bak 讀法 蘇吧 | |

韓 배 音 bae　讀法 裴	中 梨子
韓 감 音 gam　讀法 咖摁	中 柿子
韓 비파 音 bi-pa 讀法 皮怕	中 枇杷
韓 파인애플 音 pa-i-nae-peul 讀法 怕伊內波兒	中 鳳梨
韓 바나나 音 ba-na-na　讀法 趴拿拿	中 香蕉
韓 파파야 音 pa-pa-ya　讀法 怕怕牙	中 木瓜
韓 포도 音 po-do　讀法 剖豆	中 葡萄
韓 자두 音 ja-du　讀法 茶賭	中 李子

韓 망고
音 mang-go **讀法** 忙苟
中 芒果

韓 귤
音 gyul **讀法** 柯遊兒
中 橘子

韓 멜론
音 mel-lon **讀法** 美兒龍
中 哈密瓜

韓 복숭아
音 bok-sung-a
讀法 剖蘇恩阿
中 水蜜桃

韓 사과
音 sa-gwa **讀法** 薩寡
中 蘋果

韓 레몬
音 re-mon **讀法** 壘蒙
中 檸檬

韓 대추
音 dae-chu **讀法** 台促
中 棗

韓 무화과
音 mu-hwa-gwa
讀法 母華寡
中 無花果

飲料 2

韓 마실 것	中 飲料
音 ma-sil geot	
讀法 馬細兒 苟	

韓 물	中 水
音 mul 讀法 母兒	

韓 미네랄 워터	中 礦泉水
音 mi-ne-ral wo-teo	
讀法 米內拉兒 窩透	

韓 탄산수	中 碳酸水，蘇打水
音 tan-san-su	
讀法 燙三蘇	

韓 적포도주	中 紅葡萄酒
音 jeok-po-do-ju	
讀法 丘剖豆組	

韓 백포도주	中 白葡萄酒
音 baek-po-do-ju	
讀法 裴剖豆組	

韓 로제	中 玫瑰紅葡萄酒
音 ro-je 讀法 搜賊	

韓 맥주
音 maek-ju **讀法** 妹組
中 啤酒

韓 생맥주
音 saeng-maek-ju
讀法 塞恩妹組
中 生啤酒

韓 위스키
音 wi-seu-ki **讀法** 威澀起
中 威士忌

韓 샴페인
音 syam-pe-in
讀法 瞎摁胚因
中 香檳酒

韓 정종
音 jeong-jong **讀法** 穹總
中 日本酒，清酒

韓 막걸리
音 mak-geol-li
讀法 嘛勾兒離
中 韓國濁酒

韓 사오싱주
音 sa-o-sing-ju
讀法 薩哦興組
中 紹興酒

飲料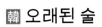

韓 오래된 술 音 o-rae-doen sul 讀法 哦雷敦 蘇兒	中 老酒，陳酒
韓 마오타이주 音 ma-o-ta-i-ju 讀法 馬哦踏伊組	中 茅臺酒
韓 알콜 音 al-kol　讀法 阿兒扣兒	中 酒精
韓 칵테일 音 kak-te-il 讀法 卡泰伊兒	中 雞尾酒
韓 콜라 音 kol-la　讀法 扣兒拉	中 可樂
韓 쥬스 音 jyu-seu　讀法 粗澀	中 果汁
韓 오렌지 쥬스 音 o-ren-ji jyu-seu 讀法 哦壘恩幾 粗澀	中 橘子汁，柳橙汁

飲料

韓 레모네이드 **音** re-mo-ne-i-deu **讀法** 壘某內伊的	**中** 檸檬水
韓 사이다 **音** sa-i-da **讀法** 薩伊打	**中** 汽水
韓 우유 **音** u-yu **讀法** 嗚遊	**中** 牛奶
韓 커피 **音** keo-pi **讀法** 扣癖	**中** 咖啡
韓 에스프레소 **音** e-seu-peu-re-so **讀法** 欸澀波壘叟	**中** 義大利濃縮咖啡
韓 카페오레 **音** ka-pe-o-re **讀法** 喀胚哦壘	**中** 咖啡牛奶，咖啡歐蕾
韓 카푸치노 **音** ka-pu-chi-no **讀法** 喀舖氣呢喔	**中** 卡布奇諾咖啡

飲料

韓 아이스커피 **音** a-i-seu-keo-pi **讀法** 阿伊澀扣癖	**中** 冰咖啡
韓 홍차 **音** hong-cha **讀法** 烘洽	**中** 紅茶
韓 밀크티 **音** mil-keu-ti **讀法** 米兒克替	**中** 奶茶
韓 레몬티 **音** re-mon-ti **讀法** 壘蒙替	**中** 檸檬紅茶
韓 아이스티 **音** a-i-seu-ti **讀法** 阿伊澀替	**中** 冰紅茶
韓 녹차 **音** nok-cha **讀法** 呢噢洽	**中** 綠茶
韓 우롱차 **音** u-rong-cha **讀法** 嗚龍洽	**中** 烏龍茶

韓 코코아
音 ko-ko-a **讀法** 扣扣阿

中 可可

韓 옥수수차
音 ok-su-su-cha
讀法 哦蘇蘇洽

中 玉米茶

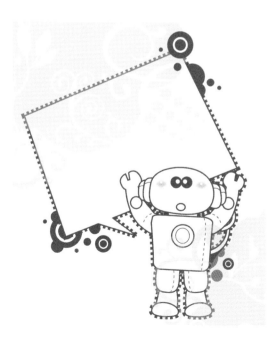

韓 맛 音 mat 讀法 馬	中 滋味
韓 맛있다 音 ma-sit-da 讀法 馬細打	中 好吃
韓 맛이 없다 音 ma-si eop-da 讀法 馬細 歐舗打	中 不好吃
韓 달다 音 dal-da 讀法 他兒打	中 甜
韓 맵다 音 maep-da 讀法 美舗打	中 辣
韓 쓰다 音 sseu-da 讀法 澀打	中 苦
韓 떫다 音 tteol-da 讀法 逗兒打	中 澀

韓 시큼하다	中 酸
音 si-keum-ha-da	
讀法 細克馬打	

韓 짜다	中 鹹
音 jja-da 讀法 甲打	

韓 달콤새콤하다	中 酸甜
音 dal-kom-sae-kom-ha-da	
讀法 他兒控摁塞扣摁哈打	

韓 진하다	中 濃，稠
音 jin-ha-da 讀法 親哈打	

韓 연하다	中 淡
音 yeon-ha-da	
讀法 庸哈打	

韓 담백하다	中 清淡，素淡
音 dam-baek-ha-da	
讀法 他摁北卡打	

韓 짙은 맛	中 膩
音 ji-teun mat	
讀法 奇特恩 馬	

味道，滋味

韓 부담이 없다	中 清淡，無負擔
音 bu-da-mi eop-da	
讀法 僕打米 歐餔打	

韓 부담스럽다	中 膩，濃
音 bu-dam-seu-reop-da	
讀法 僕打摁澀囉餔打	

7 家族

韓 가족
音 ga-jok **讀法** 咖走
中 家族

韓 아버지
音 a-beo-ji **讀法** 阿啵幾
中 父親

韓 어머니
音 eo-meo-ni
讀法 歐模你
中 母親

韓 형
音 hyeong **讀法** 兄
中 哥哥（男用稱呼）

韓 오빠
音 o-ppa **讀法** 哦爸
中 哥哥（女用稱呼）

韓 누나
音 nu-na **讀法** 努拿
中 姐姐（男用稱呼）

韓 언니
音 eon-ni **讀法** 歐恩你
中 姐姐（女用稱呼）

韓 남동생
音 nam-dong-saeng
讀法 難摁咚塞恩
中 弟弟

韓 여동생	中 妹妹
音 yeo-dong-saeng	
讀法 有哆塞恩	

韓 남편	中 丈夫
音 nam-pyeon	
讀法 難摁票恩	

| 韓 아내 | 中 妻子 |
| 音 a-nae 讀法 阿內 | |

| 韓 처 | 中 妻子 |
| 音 cheo 讀法 秋 | |

| 韓 아들 | 中 兒子 |
| 音 a-deul 讀法 阿的兒 | |

| 韓 딸 | 中 女兒 |
| 音 ttal 讀法 大兒 | |

韓 할아버지	中 爺爺
音 ha-ra-beo-ji	
讀法 哈拉啵幾	

家族

101

家族

韓	中
할머니 音 hal-meo-ni 讀法 哈兒模你	奶奶
숙부 音 suk-bu　讀法 蘇哺	叔叔
백부 音 baek-bu　讀法 裴哺	伯伯
숙모 音 sung-mo 讀法 蘇恩某	嬸嬸
백모 音 baeng-mo 讀法 裴恩某	伯母
사촌 音 sa-chon　讀法 薩聰	堂兄弟姊妹，表兄弟姊妹

韓 **조카** 音 jo-ka 讀法 求喀	中 〔又特指男性〕侄子（女），外甥（女）
韓 **질녀** 音 jil-lyeo 讀法 奇兒留	中 姪女，外甥女
韓 **조카딸** 音 jo-ka-ttal 讀法 求喀大兒	中 姪女，外甥女
韓 **증조부** 音 jeung-jo-bu 讀法 蹭酒哺	中 曾祖父
韓 **증조모** 音 jeung-jo-mo 讀法 蹭酒某	中 曾祖母
韓 **손자** 音 son-ja 讀法 松加	中 孫子

韓 증손	中 曾孫
音 jeung-son　讀法 蹭松	

韓 재종 형제	中 再從兄弟
音 jae-jong hyeong-je	
讀法 裁總 兄賊	

韓 재종 자매	中 再從姉妹
音 jae-jong ja-mae	
讀法 裁總 茶美	

韓 계부	中 繼父
音 gye-bu　讀法 柯欸哺	

韓 계모	中 繼母
音 gye-mo　讀法 柯欸某	

韓 양부	中 養父
音 yang-bu　讀法 洋哺	

韓 양모	中 養母
音 yang-mo　讀法 洋某	

韓 시아버지	中 公公
音 si-a-beo-ji	
讀法 細阿啵幾	

韓 시어머니	中 婆婆
音 si-eo-meo-ni	
讀法 細歐模你	

韓 매형	中 姐夫（男性稱呼）
音 mae-hyeong	
讀法 美兄	

韓 형부	中 姐夫（女性稱呼）
音 hyeong-bu 讀法 兄哺	

韓 형수	中 嫂嫂，嫂子（男性稱呼）
音 hyeong-su 讀法 兄蘇	

韓 올케	中 嫂嫂，嫂子，弟媳（女性稱呼）
音 ol-ke 讀法 哦兒科欸	

韓 시동생 音 si-dong-saeng 讀法 細哆塞恩	中 小叔
韓 시숙 音 si-suk　讀法 細蘇	中 大伯（稱丈夫的哥哥）
韓 처남 音 cheo-nam 讀法 秋難摁	中 大舅子，内兄，小舅子，内弟
韓 처제 音 cheo-je　讀法 秋賊	中 小姨子，妻妹
韓 시누이 音 si-nu-i　讀法 細努伊	中 小姑（稱丈夫的姊妹）
韓 부모 音 bu-mo　讀法 樸某	中 父母
韓 양친 音 yang-chin　讀法 洋沁	中 雙親

韓 **형제** 音 hyeong-je 讀法 兄賊	中 兄弟
韓 **자매** 音 ja-mae 讀法 茶美	中 姐妹
韓 **부부** 音 bu-bu 讀法 樸哺	中 夫婦
韓 **자식** 音 ja-sik 讀法 茶西	中 小孩，子女
韓 **아이** 音 a-i 讀法 阿伊	中 小孩
韓 **양자** 音 yang-ja 讀法 洋加	中 養子
韓 **양녀** 音 yang-nyeo 讀法 洋扭	中 養女
韓 **막내** 音 mang-nae 讀法 忙內	中 老么

韓 장남	中 長男

音 jang-nam

讀法 牆難摁

韓 장녀	中 長女

音 jang-nyeo　讀法 牆扭

韓 친척	中 親戚

音 chin-cheok　讀法 沁湊

韓 선조	中 祖先

音 seon-jo　讀法 鬆酒

韓 외가 쪽	中 母方

音 oe-ga jjok

讀法 唯嘎 走

韓 친가 쪽	中 父方

音 chin-ga jjok

讀法 沁嘎 走

房子

韓 집 **音** jip **讀法** 奇舖	**中** 房子，家
韓 가구 **音** ga-gu **讀法** 咖咕	**中** 家具
韓 문 **音** mun **讀法** 母恩	**中** （大）門
韓 현관 **音** hyeon-gwan **讀法** 兄管	**中** 玄關，門口
韓 툇마루 **音** toen-ma-ru **讀法** 頹恩馬嚕	**中** 日式建築的外走廊
韓 뜰 **音** tteul **讀法** 的兒	**中** 庭園，院子
韓 방 **音** bang **讀法** 傍	**中** 房間

韓 일본식 방 **音** il-bon-sik bang **讀法** 伊兒蹦西 傍	**中** 日（本）式房間，和室
韓 양실 **音** yang-sil **讀法** 洋細兒	**中** 西式房間
韓 응접실 **音** eung-jeop-sil **讀法** 恩鄒舗細兒	**中** 會客室，接待室
韓 거실 **音** geo-sil **讀法** 摳細兒	**中** 起居室
韓 다이닝 룸 **音** da-i-ning rum **讀法** 他伊寧 盧摁	**中** 餐廳
韓 서재 **音** seo-jae **讀法** 蒐載	**中** 書房，書齋
韓 침실 **音** chim-sil **讀法** 沁摁細兒	**中** 寢室，臥房

房子 28

韓	中
욕실 音 yok-sil 讀法 唷細兒	浴室
화장실 音 hwa-jang-sil 讀法 華醬細兒	化妝室，洗手間
부엌 音 bu-eok 讀法 僕噢	廚房
창고 音 chang-go 讀法 嗆苟	倉庫，儲藏室
지붕 音 ji-bung 讀法 奇布恩	屋頂
창문 音 chang-mun 讀法 嗆母恩	窗戶
차고 音 cha-go 讀法 洽苟	車庫
담 音 dam 讀法 他搵	（圍）牆

8 房子

韓 울타리	中 籬笆，柵欄，圍牆
音 ul-ta-ri	
讀法 嗚兒踏離	

韓 인터폰	中 對講機
音 in-teo-pon	
讀法 因透碰	

韓 베란다	中 陽臺
音 be-ran-da	
讀法 裴啷打	

韓 가구	中 傢俱
音 ga-gu　讀法 咖咕	
韓 옷장	中 衣櫃，衣櫥
音 ot-jang　讀法 哦醬	
韓 장롱	中 壁櫥
音 jang-rong　讀法 牆龍	
韓 의자	中 椅子
音 ui-ja　讀法 鵝伊加	
韓 긴 의자	中 長椅，長凳
音 gin ui-ja	
讀法 柯伊恩 鵝伊加	
韓 소파	中 沙發
音 so-pa　讀法 叟怕	
韓 팔걸이의자	中 扶手椅
音 pal-geo-ri-ui-ja	
讀法 怕兒勾離鵝伊加	
韓 책상	中 書桌，桌子
音 chaek-sang	
讀法 脆桑	

韓 **테이블** 音 te-i-beul 讀法 泰伊撥兒	中 桌子
韓 **책장** 音 chaek-jang 讀法 脆醬	中 書櫃
韓 **찬장** 音 chan-jang 讀法 槍醬	中 碗櫃
韓 **커튼** 音 keo-teun 讀法 扣藤	中 窗簾
韓 **융단** 音 yung-dan 讀法 遊恩膽	中 地毯
韓 **침대** 音 chim-dae 讀法 沁摁得	中 床
韓 **더블 침대** 音 deo-beul chim-dae 讀法 投撥兒 沁摁得	中 雙人床

韓 부엌 용품	中 廚房用品
音 bu-eok yong-pum	
讀法 僕歐 泳舖摁	

韓 냄비	中 鍋子
音 naem-bi 讀法 內摁比	

韓 압력솥	中 壓力鍋
音 am-nyeok-sot	
讀法 阿摁扭叟	

韓 주전자	中 水壺
音 ju-jeon-ja	
讀法 岨烱加	

韓 프라이팬	中 煎鍋，平底鍋
音 peu-ra-i-paen	
讀法 波拉伊騙	

韓 식칼	中 菜刀
音 sik-kal 讀法 西喀兒	

韓 도마	中 砧板
音 do-ma 讀法 投馬	

韓 국자
音 guk-ja **讀法** 枯加

中 勺子

韓 주걱
音 ju-geok **讀法** 殂勾

中 飯勺

韓 그릇
音 geu-reut **讀法** 可惹

中 碗

韓 채
音 chae **讀法** 脆

中 過濾器

韓 계량컵
音 gye-ryang-keop
讀法 柯欸涼扣舖

中 量杯

韓 믹서
音 mik-seo **讀法** 米蔑

中 食物調理機

韓 조리용 가위
音 jo-ri-yong ga-wi
讀法 求離泳 咖威

中 調理用剪刀

韓 프라이팬 뒤집기
音 peu-ra-i-paen dwi-jip-gi
讀法 波拉伊騙 土伊幾舖嘰

中 鍋鏟

韓 거품기
音 geo-pum-gi
讀法 摳舖摁嘰

中 打蛋器

韓 식기	**中** 餐具
音 sik-gi **讀法** 西嘰	
韓 컵	**中** 杯子
音 keop **讀法** 扣舖	
韓 찻잔	**中** 茶杯
音 chat-jan **讀法** 洽講	
韓 글라스	**中** 玻璃杯
音 geul-la-seu	
讀法 可兒拉澀	
韓 와인잔	**中** 葡萄酒杯
音 wa-in-jan	
讀法 娃因講	
韓 조끼	**中** 啤酒杯
音 jo-kki **讀法** 求嘰	
韓 물병	**中** 水瓶，水罐
音 mul-byeong	
讀法 母兒比用	

餐具

韓 찻주전자 **音** chat-ju-jeon-ja **讀法** 洽組燜加	**中** 茶壺
韓 커피포트 **音** keo-pi-po-teu **讀法** 扣癬剖乑	**中** 咖啡壺
韓 받침 접시 **音** bat-chim jeop-si **讀法** 趴沁摁 丘舖細	**中** 咖啡盤, 小碟子
韓 접시 **音** jeop-si **讀法** 丘舖細	**中** 盤子
韓 작은 접시 **音** ja-geun jeop-si **讀法** 茶更 丘舖細	**中** 碟子
韓 큰 접시 **音** keun jeop-si **讀法** 吭 丘舖細	**中** 大盤子

韓	中
밥공기 音 bap-gong-gi 讀法 趴餔供嘰	碗
젓가락 音 jeot-ga-rak 讀法 丘嘎拉	筷子
숟가락 音 sut-ga-rak 讀法 蘇嘎拉	湯匙
포크 音 po-keu　讀法 剖克	叉子
나이프 音 na-i-peu　讀法 拿伊波	餐刀
빨대 音 ppal-dae　讀法 爸兒得	吸管
커피잔 音 keo-pi-jan 讀法 扣癖講	咖啡杯

韓 전기 제품	中 電器用品
音 jeon-gi je-pum	
讀法 穹嘰 裁舖摁	

韓 냉방	中 冷房
音 naeng-bang	
讀法 內恩幫	

韓 선풍기	中 電（風）扇
音 seon-pung-gi	
讀法 鬆撲恩嘰	

韓 난방	中 暖房
音 nan-bang 讀法 南幫	

韓 스토브	中 火爐，暖爐
音 seu-to-beu	
讀法 澀頭撥	

韓 청소기	中 吸塵器
音 cheong-so-gi	
讀法 蔥叟嘰	

韓 세탁기	中 洗衣機

音 se-tak-gi
讀法 塞踏嘰

韓 건조기	中 乾燥器，烘乾機

音 geon-jo-gi
讀法 孔酒嘰

韓 드라이기	中 吹風機

音 deu-ra-i-gi
讀法 忒拉伊嘰

韓 전기	中 電燈

音 jeon-gi   讀法 穿嘰

韓 탁상용 전기스탠드	中 檯燈

音 tak-sang-yong jeon-gi-seu-taen-deu
讀法 踏桑泳 穿嘰澀泰恩的

韓 냉장고	中 （電）冰箱，冷藏庫

音 naeng-jang-go
讀法 內恩醬苟

韓 냉동실	中 冰櫃，冷凍庫
音 naeng-dong-sil	
讀法 內恩咚細兒	

韓 전자 레인지	中 微波爐
音 jeon-ja re-in-ji	
讀法 穹加 壘因幾	

韓 텔레비전	中 電視
音 tel-le-bi-jeon	
讀法 泰兒壘比焗	

韓 비디오	中 錄影機
音 bi-di-o 讀法 皮滴哦	

韓 라디오카세트	中 收錄音機
音 ra-di-o-ka-se-teu	
讀法 拉滴哦喀塞忑	

韓 DVD플레이어	中 DVD錄放影機
音 dibidi-peul-le-i-eo	
讀法 踢比滴波兒壘伊歐	

韓 비디오 게임
音 bi-di-o ge-im
讀法 皮滴哦 給印摁

中 電視遊樂器

韓 스테레오
音 seu-te-re-o
讀法 澀泰壘哦

中 立體聲

韓 퍼스컴
音 peo-seu-keom
讀法 潑澀扣摁

中 （個人）電腦

韓 프린터
音 peu-rin-teo
讀法 波淋透

中 印表機

韓 팩스
音 paek-seu **讀法** 配澀

中 傳真機

韓 복사기
音 bok-sa-gi
讀法 剖薩嘰

中 影印機

韓 유치원
音 yu-chi-won
讀法 遊氣溫
中 幼稚園

韓 초등학교
音 cho-deung-hak-gyo
讀法 溴蹬哈哥優
中 國小

韓 중학교
音 jung-hak-gyo
讀法 殂恩哈哥優
中 國中

韓 고등학교
音 go-deung-hak-gyo
讀法 口蹬哈哥優
中 高中

韓 대학교
音 dae-hak-gyo
讀法 台哈哥優
中 大學

韓 대학원
音 dae-ha-gwon
讀法 台哈滾
中 研究所

韓 수업 音 su-eop　讀法 蘇歐舖	中 課 ， 上課，講課
韓 방학 音 bang-hak　讀法 傍哈	中 放假
韓 숙제 音 suk-je　讀法 蘇賊	中 作業，課題
韓 교과서 音 gyo-gwa-seo 讀法 柯優寡蒐	中 教科書
韓 노트 音 no-teu　讀法 呢喔忑	中 筆記
韓 도서관 音 do-seo-gwan 讀法 投蒐管	中 圖書館
韓 운동장 音 un-dong-jang 讀法 嗚恩咚醬	中 運動場

韓 선생님 音 seon-saeng-nim 讀法 鬆塞恩你摁	中 老師
韓 시험 音 si-heom 讀法 細吼摁	中 測驗，考試
韓 성적 音 seong-jeok 讀法 送鄒	中 成績
韓 학기 音 hak-gi 讀法 哈嘰	中 學期
韓 학년 音 hang-nyeon 讀法 夯妞恩	中 學年
韓 입학 音 ip-hak 讀法 伊怕	中 入學
韓 졸업 音 jo-reop 讀法 求囉舖	中 畢業
韓 유학 音 yu-hak 讀法 遊哈	中 留學

韓 동아리	中 社團
音 dong-a-ri	
讀法 通阿離	

韓 예습	中 預習
音 ye-seup 讀法 椰澀舖	

韓 복습	中 複習
音 bok-seup	
讀法 剖澀舖	

韓 국어	中 國語
音 gu-geo 讀法 枯苟	

韓 수학	中 數學
音 su-hak 讀法 蘇哈	

韓 외국어	中 外國語
音 oe-gu-geo	
讀法 唯咕苟	

韓 체육	中 體育
音 che-yuk 讀法 脆油	

| 韓 **연습**
音 yeon-seup
讀法 庸澀舖 | 中 練習 |
| 韓 **학원**
音 ha-gwon 讀法 哈滾 | 中 補習班 |

韓 문방구	中 文具
音 mun-bang-gu	
讀法 母恩幫咕	

韓 연필	中 鉛筆
音 yeon-pil 讀法 庸匹兒	

韓 만년필	中 鋼筆
音 man-nyeon-pil	
讀法 慢妞恩匹兒	

韓 볼펜	中 鋼珠筆,
音 bol-pen 讀法 剖兒偏	原子筆

韓 샤프 펜슬	中 自動鉛筆
音 sya-peu pen-seul	
讀法 瞎波 偏澀兒	

韓 지우개	中 橡皮擦
音 ji-u-gae 讀法 奇嗚給	

韓 잉크	中 墨水
音 ing-keu 讀法 應克	

韓 컴퍼스 音 keom-peo-seu 讀法 扣摁潑澀	中 圓規
韓 그림 물감 音 geu-rim mul-gam 讀法 可凜摁 母兒敢摁	中 顏料，水彩
韓 크레용 音 keu-re-yong 讀法 克壘泳	中 蠟筆
韓 크레파스 音 keu-re-pa-seu 讀法 克壘怕澀	中 粉臘筆
韓 색연필 音 saeng-nyeon-pil 讀法 塞恩妞恩匹兒	中 彩色鉛筆
韓 팔레트 音 pal-le-teu 讀法 怕兒壘忑	中 調色板

| 韓 사전 | 中 辭典 |
| 音 sa-jeon 讀法 薩烱 | |

| 韓 지도 | 中 地圖 |
| 音 ji-do 讀法 奇豆 | |

| 韓 노트 | 中 筆記本，本子 |
| 音 no-teu 讀法 呢喔忞 | |

| 韓 스케치북 | 中 素描簿 |
| 音 seu-ke-chi-buk 讀法 澀科欵氣補 | |

| 韓 수첩 | 中 手冊，記事本 |
| 音 su-cheop 讀法 蘇秋舖 | |

| 韓 일기장 | 中 日記本 |
| 音 il-gi-jang 讀法 伊兒嘰醬 | |

| 韓 원고지 | 中 稿紙 |
| 音 won-go-ji 讀法 溫苟幾 | |

文具 34

韓 루스리프 音 ru-seu-ri-peu 讀法 嚕澀離波	中 活頁（筆記本）
韓 엽서 音 yeop-seo 讀法 有舖蒐	中 明信片
韓 편지지 音 pyeon-ji-ji 讀法 票恩幾幾	中 信紙
韓 봉투 音 bong-tu 讀法 砰吐	中 信封
韓 바인더 音 ba-in-deo 讀法 趴因兜	中 文件夾
韓 풀 音 pul 讀法 舖兒	中 漿糊
韓 압정 音 ap-jeong 讀法 阿舖炯	中 圖釘

韓 스카치 테이프 **音** seu-ka-chi te-i-peu **讀法** 澀喀氣 泰伊波	**中** (透明) 膠帶
韓 클립 **音** keul-lip **讀法** 克兒離舖	**中** 迴紋針
韓 호치키스 **音** ho-chi-ki-seu **讀法** 齁氣起澀	**中** 釘書機
韓 도장 **音** do-jang **讀法** 投醬	**中** 圖章，印 章

韓 색(깔) 音 saek (kkal) 讀法 塞（尬兒）	中 顏色
韓 빛깔 音 bit-kkal　讀法 皮尬兒	中 顏色
韓 검정 音 geom-jeong 讀法 摳摁烱	中 黑色
韓 회색 音 hoe-saek　讀法 灰塞	中 灰色
韓 흰색 音 huin-saek 讀法 喝伊恩塞	中 白色
韓 파랑 音 pa-rang　讀法 怕啷	中 藍色，綠色
韓 빨강 音 ppal-gang 讀法 爸兒剛	中 紅色

韓 녹색	中 綠色
音 nok-saek	
讀法 呢噢塞	

韓 갈색	中 褐色
音 gal-saek 讀法 咖兒塞	

韓 보라색	中 紫色
音 bo-ra-saek	
讀法 剖拉塞	

韓 노랑	中 黃色
音 no-rang 讀法 呢喔啷	

韓 황녹색	中 黃綠色
音 hwang-nok-saek	
讀法 荒呢噢塞	

韓 투명	中 透明
音 tu-myeong	
讀法 吐謬恩	

韓 오렌지	中 橘黃色
音 o-ren-ji	
讀法 哦壘恩幾	

韓 하늘색 音 ha-neul-saek 讀法 哈呢兒塞	中 天藍色
韓 분홍색 音 bun-hong-saek 讀法 僕濃塞	中 粉紅色
韓 곤색 音 gon-saek　讀法 空塞	中 藏青色, 深藍色
韓 감색 音 gam-saek 讀法 咖摁塞	中 藏青色, 深藍色
韓 베이지 音 be-i-ji　讀法 裴伊幾	中 淺駝色
韓 금색 音 geum-saek 讀法 可摁塞	中 金黃色
韓 은색 音 eun-saek　讀法 恩塞	中 銀色

運動

韓 스포츠 音 seu-po-cheu 讀法 澀剖測	中 運動
韓 유도 音 yu-do 讀法 遊豆	中 柔道
韓 체조 音 che-jo 讀法 脆酒	中 體操
韓 신체조 音 sin-che-jo 讀法 新脆酒	中 藝術體操
韓 배구 音 bae-gu 讀法 裴咕	中 排球
韓 농구 音 nong-gu 讀法 濃咕	中 籃球
韓 핸드볼 音 haen-deu-bol 讀法 嘿恩的剝兒	中 手球

| 韓 탁구 | 中 乒乓球 |
| 音 tak-gu 讀法 踏咕 | |

| 韓 배드민턴 | 中 羽毛球 |
| 音 bae-deu-min-teon 讀法 裴的民疼 | |

| 韓 수영 | 中 游泳 |
| 音 su-yeong 讀法 蘇用 | |

| 韓 수구 | 中 水球 |
| 音 su-gu 讀法 蘇咕 | |

| 韓 자유형 | 中 自由式 |
| 音 ja-yu-hyeong 讀法 茶遊兄 | |

| 韓 평영 | 中 蛙泳，蛙式 |
| 音 pyeong-yeong 讀法 偏用 | |

| 韓 배영 | 中 仰泳，仰式 |
| 音 bae-yeong 讀法 裴用 | |

韓 접영	中 蝶泳，蝶式
音 jeo-byeong	
讀法 丘比用	

韓 테니스	中 網球
音 te-ni-seu	
讀法 泰你澀	

| 韓 스키 | 中 滑雪 |
| 音 seu-ki 讀法 澀起 | |

韓 스케이트	中 滑冰，溜冰
音 seu-ke-i-teu	
讀法 澀科欸伊忑	

| 韓 럭비 | 中 橄欖球 |
| 音 reok-bi 讀法 嘍比 | |

韓 아메리칸 풋볼	中 美式足球
音 a-me-ri-kan put-bol	
讀法 阿妹離康 噗剝兒	

| 韓 야구 | 中 棒球 |
| 音 ya-gu 讀法 牙咕 | |

運動

韓 소프트볼 音 so-peu-teu-bol 讀法 叟波忒剝兒	中 壘球
韓 축구 音 chuk-gu　讀法 促咕	中 足球
韓 골프 音 gol-peu　讀法 口兒波	中 高爾夫
韓 풋살 音 put-sal　讀法 噗薩兒	中 五人制足球
韓 마라톤 音 ma-ra-ton 讀法 馬拉痛	中 馬拉松
韓 육상경기 音 yuk-sang-gyeong-gi 讀法 油桑哥庸嘰	中 田徑賽
韓 100미터 경주 音 baeng-mi-teo gyeong-ju 讀法 裴恩米透 柯庸組	中 百米短跑

韓 장애물 경주	中 障礙賽
音 jang-ae-mul gyeong-ju	
讀法 牆欸母兒 柯庸組	

韓 해머던지기	中 擲鏈球
音 hae-meo-deon-ji-gi	
讀法 嘿模噔幾嘰	

韓 창던지기	中 擲標槍
音 chang-deon-ji-gi	
讀法 嗆噔幾嘰	

韓 넓이뛰기	中 跳遠
音 neol-bi-ttwi-gi	
讀法 呶兒逼賭伊嘰	

韓 높이뛰기	中 跳高
音 no-pi-ttwi-gi	
讀法 呢喔癖賭伊嘰	

韓 장대높이뛰기	中 撐竿跳高
音 jang-dae-no-pi-ttwi-gi	
讀法 牆得呢喔癖賭伊嘰	

運動

韓 자전거 경주 音 ja-jeon-geo gyeong-ju 讀法 茶烔勾 柯庸組	中 自行車賽
韓 로드레이스 音 ro-deu-re-i-seu 讀法 攎的壘伊澀	中 公路賽
韓 낚시 音 nak-si　讀法 哪細	中 釣魚
韓 등산 音 deung-san　讀法 騰三	中 登山

| 韓 축구 | 中 足球 |
| 音 chuk-gu 讀法 促咕 | |

韓 월드컵	中 世界盃
音 wol-deu-keop	
讀法 我兒的扣舖	

韓 훌리건	中 足球流氓
音 hul-li-geon	
讀法 呼兒離拱	

| 韓 골 | 中 球門 |
| 音 gol 讀法 口兒 | |

韓 킥오프	中 開球
音 ki-go-peu	
讀法 起苟波	

| 韓 전반 | 中 上半場 |
| 音 jeon-ban 讀法 穹版 | |

| 韓 후반 | 中 下半場 |
| 音 hu-ban 讀法 呼版 | |

足球

韓 로스타임 音 ro-seu-ta-im 讀法 摟澀踏印摁	中 傷停時間
韓 하프타임 音 ha-peu-ta-im 讀法 哈波踏印摁	中 中場休息
韓 헤트트릭 音 he-teu-teu-rik 讀法 嘿忒忒哩	中 帽子戲法
韓 패스 音 pae-seu　讀法 配澀	中 傳球
韓 드리블 音 deu-ri-beul 讀法 忑離撥兒	中 運球
韓 반격 音 ban-gyeok 讀法 盤哥憂	中 反擊
韓 헤딩 音 he-ding　讀法 嘿町	中 頂球

韓 인사이드 킥	中 足内側踢球
音 in-sa-i-deu kik	
讀法 因薩伊的 起	

韓 슛	中 射門
音 syut　讀法 細嗚	

韓 오버헤드 킥	中 倒鉤球
音 o-beo-he-deu kik	
讀法 哦啵嘿的 起	

韓 프레스	中 壓迫式防守
音 peu-re-seu	
讀法 波壘澀	

韓 페널티 킥	中 罰球
音 pe-neol-ti kik	
讀法 胚嘎兒替 起	

韓 코너킥	中 角球
音 ko-neo-kik	
讀法 扣嘎起	

足球

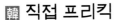

韓 직접 프리킥 音 jik-jeop peu-ri-kik 讀法 奇鄒舖 波離起	中 直接自由球
韓 간접 프리킥 音 gan-jeop peu-ri-kik 讀法 看鄒舖 波離起	中 間接自由球
韓 옐로카드 音 yel-lo-ka-deu 讀法 椰兒摟喀的	中 黃牌
韓 레드카드 音 re-deu-ka-deu 讀法 壘的喀的	中 紅牌
韓 퇴장 音 toe-jang 讀法 腿醬	中 罰出場
韓 경고 音 gyeong-go 讀法 柯庸苟	中 警告

足球

韓 포지션 音 po-ji-syeon 讀法 剖幾兇	中 位置
韓 스트라이커 音 seu-teu-ra-i-keo 讀法 澀忑拉伊扣	中 射手型前鋒
韓 포워드 音 po-wo-deu 讀法 剖窩的	中 前鋒
韓 미드필더 音 mi-deu-pil-deo 讀法 米的匹兒兜	中 中場
韓 디펜스 音 di-pen-seu 讀法 踢偏澀	中 後衛
韓 골키퍼 音 gol-ki-peo 讀法 口兒起潑	中 守門員

足球

韓 오프사이드 音 o-peu-sa-i-deu 讀法 哦波薩伊的	中 越位
韓 드로인 音 deu-ro-in 讀法 忒摟因	中 擲界外球
韓 핸들링 音 haen-deul-ling 讀法 嘿恩的兒令	中 手球
韓 반칙 音 ban-chik 讀法 盤氣	中 犯規
韓 심판 音 sim-pan 讀法 信摁胖	中 裁判(員)
韓 부심판 音 bu-sim-pan 讀法 僕信摁胖	中 副裁判
韓 감독 音 gam-dok 讀法 咖摁抖	中 總教練

興趣

韓	中
낚시 音 nak-si 讀法 哪細	釣魚
여행 音 yeo-haeng 讀法 有黑恩	旅行
등산 音 deung-san 讀法 騰三	登山
독서 音 dok-seo 讀法 投蒐	看書，讀書
요리 音 yo-ri 讀法 優離	料理
음악감상 音 eu-mak-gam-sang 讀法 額馬敢摁桑	音樂鑑賞
영화감상 音 yeong-hwa-gam-sang 讀法 用華敢摁桑	電影鑑賞

動物

韓 동물	中 動物
音 dong-mul	
讀法 通母兒	

韓 사자	中 獅子
音 sa-ja 讀法 薩加	

韓 호랑이	中 老虎
音 ho-rang-i	
讀法 齁啷伊	

韓 범	中 老虎
音 beom 讀法 婆摁	

韓 표범	中 豹
音 pyo-beom	
讀法 票啵摁	

韓 기린	中 長頸鹿
音 gi-rin 讀法 柯伊淋	

韓 코끼리	中 大象
音 ko-kki-ri 讀法 扣嘰離	

韓 **사슴** 音 sa-seum　讀法 薩滲摁	中 鹿
韓 **돼지** 音 dwae-ji　讀法 推幾	中 豬
韓 **소** 音 so　讀法 叟	中 牛
韓 **양** 音 yang　讀法 洋	中 羊
韓 **산양** 音 sa-nyang　讀法 薩娘	中 山羊
韓 **곰** 音 gom　讀法 口摁	中 熊
韓 **낙타** 音 nak-ta　讀法 哪踏	中 駱駝
韓 **하마** 音 ha-ma　讀法 哈馬	中 河馬
韓 **판다** 音 pan-da　讀法 胖打	中 熊貓，貓熊

動物

韓 코알라 **音** ko-al-la **讀法** 扣阿兒拉	**中** 無尾熊
韓 캥거루 **音** kaeng-geo-ru **讀法** 科欸恩勾嚕	**中** 袋鼠
韓 다람쥐 **音** da-ram-jwi **讀法** 他浪撋醉	**中** 松鼠
韓 원숭이 **音** won-sung-i **讀法** 溫蘇恩伊	**中** 猴子
韓 고릴라 **音** go-ril-la **讀法** 口離兒拉	**中** 大猩猩
韓 늑대 **音** neuk-dae **讀法** 呢得	**中** 狼

韓 너구리
音 neo-gu-ri
讀法 哦咕離
中 狸貓

韓 여우
音 yo-u　讀法 有鳴
中 狐狸

韓 멧돼지
音 mat-dwae-ji
讀法 妹堆幾
中 野豬

韓 토끼
音 to-kki　讀法 頭嘰
中 兔子

韓 산토끼
音 san-to-kki
讀法 三頭嘰
中 野兔

韓 쥐
音 jwi　讀法 俎伊
中 老鼠

韓 개
音 gae　讀法 柯欸
中 狗

動物

韓 고양이 **音** go-yang-i **讀法** 口洋伊	**中** 貓
韓 고래 **音** go-rae　**讀法** 口雷	**中** 鯨魚
韓 바다표범 **音** ba-da-pyo-beom **讀法** 趴打票啵摁	**中** 海豹
韓 돌고래 **音** dol-go-rae **讀法** 投兒茍雷	**中** 海豚

韓	中
새 音 sae 讀法 塞	鳥
닭 音 dak 讀法 他	雞
칠면조 音 chil-myeon-jo 讀法 氣兒謬恩酒	火雞
오리 音 o-ri 讀法 哦離	鴨子
백조 音 baek-jo 讀法 裴酒	天鵝
학 音 hak 讀法 哈	鶴
매 音 mae 讀法 美	鷹
독수리 音 dok-su-ri 讀法 投蘇離	禿鷲

鳥類

韓 콘도르	中 禿鷹
音 kon-do-reu	
讀法 控豆惹	

韓 딱다구리	中 啄木鳥
音 ttak-da-gu-ri	
讀法 大打咕離	

| 韓 제비 | 中 燕子 |
| 音 je-bi 讀法 裁比 | |

| 韓 물새 | 中 水鳥 |
| 音 mul-sae 讀法 母兒塞 | |

韓 뻐꾸기	中 布穀鳥
音 ppeo-kku-gi	
讀法 播姑嘰	

韓 비둘기	中 鴿子
音 bi-dul-gi	
讀法 皮賭兒嘰	

韓 앨버트로스	中 信天翁
音 ael-beo-teu-ro-seu	
讀法 欸兒啵忒搜澀	

韓 휘파람새	中 黃鶯
音 hwi-pa-ram-sae	
讀法 呼伊怕浪搝塞	

韓 갈매기	中 海鷗
音 gal-mae-gi	
讀法 咖兒美嘰	

韓 종달새	中 雲雀
音 jong-dal-sae	
讀法 蔥大兒塞	

韓 티티새	中 斑點鶇
音 ti-ti-sae　讀法 替替塞	

韓 백설조	中 斑點鶇
音 baek-seol-jo	
讀法 裴蒐兒酒	

韓 까마귀	中 烏鴉
音 kka-ma-gwi	
讀法 尬馬魁伊	

韓 올빼미	中 貓頭鷹
音 ol-ppae-mi	
讀法 哦兒北米	

韓 펭귄	中 企鵝
音 peng-gwin	
讀法 胚恩魁因	

韓 물고기 **音** mul-go-gi **讀法** 母兒茍嘰	**中** 魚
韓 도미 **音** do-mi　**讀法** 投米	**中** 鯛魚
韓 정어리 **音** jeong-eo-ri **讀法** 穹歐離	**中** 沙丁魚
韓 조기 **音** jo-gi　**讀法** 求嘰	**中** 石首魚， 黃花魚
韓 전갱이 **音** jeon-gaeng-i **讀法** 穹給恩伊	**中** 竹筴魚
韓 연어 **音** yeo-neo　**讀法** 有哦	**中** 鮭魚
韓 방어 **音** bang-eo　**讀法** 傍歐	**中** 鰤魚

韓 참치	中 鮪魚
音 cham-chi	
讀法 洽摁氣	

韓 다랑어	中 鮪魚
音 da-rang-eo	
讀法 他嘟歐	

| 韓 꽁치 | 中 秋刀魚 |
| 音 kkong-chi 讀法 攻氣 | |

韓 가다랭이	中 鰹魚
音 ga-da-raeng-i	
讀法 咖打雷恩伊	

韓 뱀장어	中 鰻魚
音 baem-jang-eo	
讀法 裴摁醬歐	

| 韓 농어 | 中 鱸魚 |
| 音 nong-eo 讀法 濃歐 | |

| 韓 문어 | 中 章魚 |
| 音 mu-neo 讀法 母哦 | |

魚類

韓 낙지	中 章魚
音 nak-ji 讀法 哪幾	

韓 오징어	中 烏賊，魷魚
音 o-jing-eo 讀法 哦精歐	

韓 새우	中 蝦
音 sae-u 讀法 塞嗚	

韓 대하	中 明蝦
音 dae-ha 讀法 台哈	

韓 게	中 螃蟹
音 ge 讀法 柯欸	

韓 소라	中 海螺
音 so-ra 讀法 叟拉	

韓 전복	中 鮑魚
音 jeon-bok 讀法 穹蔔	

韓 대합	中 文蛤
音 dae-hap 讀法 台哈舖	

韓 모시조개	中 青蛤
音 mo-si-jo-gae 讀法 某細酒給	
韓 섬게	中 海膽
音 seom-ge 讀法 蒐摁給	
韓 해삼	中 海參
音 hae-sam 讀法 嘿散摁	
韓 굴	中 牡蠣，蚵
音 gul 讀法 枯兒	
韓 상어 지느러미	中 魚翅
音 sang-eo ji-neu-reo-mi 讀法 桑歐 奇呢囉米	

韓 돈	中 錢
音 don 讀法 桶	

韓 지폐	中 鈔票，紙幣
音 ji-pye 讀法 奇陪	

韓 동전	中 零錢，銅板
音 dong-jeon 讀法 通炯	

韓 저금	中 存款
音 jeo-geum 讀法 丘革搋	

韓 계좌번호	中 帳號
音 gye-jwa-beon-ho 讀法 柯欸爪啵嗅	

韓 예금통장	中 存摺
音 ye-geum-tong-jang 讀法 椰革搋痛醬	

韓 송금	中 匯款
音 song-geum 讀法 送革搋	

韓 수표 音 su-pyo 讀法 蘇票	中 支票
韓 환전 音 hwan-jeon 讀法 換焑	中 換錢，兌換
韓 신용카드 音 si-nyong-ka-deu 讀法 細呢泳喀的	中 信用卡
韓 외화 音 oe-hwa 讀法 唯華	中 外幣
韓 도장 音 do-jang 讀法 投醬	中 圖章，印章
韓 사인 音 sa-in 讀法 薩因	中 簽名
韓 신분증 音 sin-bun-jeung 讀法 新佈恩增	中 身分證
韓 이자 音 i-ja 讀法 伊加	中 利息

韓 현금	中 現金
音 hyeon-geum	
讀法 兄革摁	

韓 자동이체	中 自動轉帳
音 ja-dong-i-che	
讀法 茶咚伊脆	

韓 수수료	中 手續費
音 su-su-ryo	
讀法 蘇蘇柳	

韓 환율	中 匯率
音 hwa-nyul	
讀法 華呢遊兒	

韓 비밀번호	中 密碼
音 bi-mil-beon-ho	
讀法 皮米兒啵吼	

韓 엔화	中 日幣
音 en-hwa	讀法 欸恩華

韓 달러	中 美金
音 dal-leo	讀法 大兒囉

韓 현금 자동 지급기	中 自動櫃員機，ATM
音 hyeon-geum ja-dong ji-geup-gi	
讀法 兄革摁 茶哆 奇革舗嘰	

韓 여행자수표	中 旅行支票
音 yeo-haeng-ja-su-pyo	
讀法 有黑恩加蘇票	

韓 우체통	中 郵筒
音 u-che-tong	
讀法 嗚脆痛	
韓 창구	中 窗口
音 chang-gu 讀法 嗆咕	
韓 편지	中 信，信紙
音 pyeon-ji 讀法 票恩幾	
韓 봉투	中 信封
音 bong-tu 讀法 砰吐	
韓 우편번호	中 郵遞區號
音 u-pyeon-beon-ho	
讀法 嗚票恩啵呵	
韓 주소	中 地址
音 ju-so 讀法 俎叟	
韓 엽서	中 明信片
音 yeop-seo	
讀法 有舖蒐	

韓 우표 音 u-pyo 讀法 嗚票	中 郵票
韓 연하장 音 yeon-ha-jang 讀法 庸哈醬	中 賀年明信片
韓 소포 音 so-po 讀法 叟剖	中 包裹
韓 항공편 音 hang-gong-pyeon 讀法 夯供票恩	中 空運
韓 배편 音 bae-pyeon 讀法 裴票恩	中 海運
韓 한국 音 han-guk 讀法 酣古	中 韓國
韓 대만 音 dae-man 讀法 台慢	中 台灣

郵局

韓 일본	中 日本
音 il-bon 讀法 伊兒蹦	

韓 중국	中 中國
音 jung-guk 讀法 岨恩古	

韓 미국	中 美國
音 mi-guk 讀法 米古	

韓 영국	中 英國
音 yeong-guk 讀法 用古	

韓 프랑스	中 法國
音 peu-rang-seu 讀法 波啷澀	

韓 독일	中 德國
音 do-gil 讀法 投嘰兒	

韓 이탈리아	中 義大利
音 i-tal-li-a 讀法 伊踏兒離阿	

韓 호주	中 澳洲
音 ho-ju 讀法 齁組	

郵局

韓 등기 音 deung-gi 讀法 騰嘰	中 掛號
韓 빠른우편 音 ppa-reu-nu-pyeon 讀法 爸惹努票恩	中 快遞
韓 보통우편 音 bo-tong-u-pyeon 讀法 剖痛嗚票恩	中 一般郵件
韓 전보 音 jeon-bo 讀法 穹剝	中 電報

韓 공항	中 機場
音 gong-hang 讀法 空夯	
韓 승객	中 乘客
音 seung-gaek 讀法 森給	
韓 스튜어디스	中 空中小姐
音 seu-tyu-eo-di-seu 讀法 澀忑遊歐滴澀	
韓 승무원	中 空服人員
音 seung-mu-won 讀法 森母溫	
韓 항공권	中 機票
音 hang-gong-gwon 讀法 夯供滾	
韓 탑승	中 搭乘
音 tap-seung 讀法 踏舖森	
韓 게이트	中 出入口，閘門
音 ge-i-teu 讀法 柯欸伊忑	

機場 4

韓 **입국심사** 音 ip-guk-sim-sa 讀法 伊餔古信摁薩	中 入境審查
韓 **출국심사** 音 chul-guk-sim-sa 讀法 促兒古信摁薩	中 出境審查
韓 **세관** 音 se-gwan　讀法 塞管	中 海關
韓 **면세점** 音 myeon-se-jeom 讀法 謬恩塞烔摁	中 免稅商店
韓 **국내선** 音 gung-nae-seon 讀法 枯恩內鬆	中 國內線
韓 **국제선** 音 guk-je-seon 讀法 枯賊鬆	中 國際線

韓	中
공항버스 音 gong-hang-beo-seu 讀法 空夯啵澀	機場巴士
여권 音 yeo-gwon 讀法 有滾	護照
비자 音 bi-ja 讀法 皮加	簽證
외국인 音 oe-gu-gin 讀法 唯咕更	外國人
마중하다 音 ma-jung-ha-da 讀法 馬組恩哈打	迎接
배웅하다 音 bae-ung-ha-da 讀法 裴嗚恩哈打	送行
출입국신고서 音 chu-rip-guk-sin-go-seo 讀法 促離舖古新苟蒐	出入境申報單

通訊

韓 통신 音 tong-sin 讀法 痛新	中 通訊
韓 인터넷 音 in-teo-net 讀法 因透內	中 網路
韓 메일 音 me-il 讀法 妹伊兒	中 郵件
韓 홈페이지 音 hom-pe-i-ji 讀法 鬨撋胚伊幾	中 首頁
韓 게시판 音 ge-si-pan 讀法 柯欸細胖	中 布告欄， BBS
韓 정보 音 jeong-bo 讀法 穹剝	中 情報，資 訊
韓 개인정보 音 gae-in-jeong-bo 讀法 柯欸因穹剝	中 個人資料

通訊

韓 채팅	中 線上即時通訊，chat
音 chae-ting　讀法 脆聽	

韓 접속	中 連線
音 jeop-sok	
讀法 丘舖嗽	

韓 통화	中 通話
音 tong-hwa　讀法 痛華	

韓 연락하다	中 連絡
音 yeol-lak-ha-da	
讀法 有兒拉卡打	

韓 핸드폰	中 手機
音 haen-deu-pon	
讀法 嘿恩的碰	

韓 공중전화	中 公共電話
音 gong-jung-jeon-hwa	
讀法 空組恩烔呢娃	

通訊

韓 지역번호 **音** ji-yeok-beon-ho **讀法** 奇喲啵嗕	**中** (電話) 區域號碼
韓 음성녹음 **音** eum-seong-no-geum **讀法** 摁送呢喔革摁	**中** 音聲錄音
韓 e-메일 주소 **音** i-me-il ju-so **讀法** 伊妹伊兒 姐叟	**中** 郵件地址
韓 아이디 **音** a-i-di **讀法** 阿伊滴	**中** ID
韓 비밀번호 **音** bi-mil-beon-ho **讀法** 皮米兒啵嗕	**中** 密 碼 ， Password

韓 컴퓨터 音 keom-pyu-teo 讀法 扣摁癖遊透	中 電腦
韓 퍼스컴 音 peo-seu-keom 讀法 潑澀扣摁	中 個人電腦
韓 하드웨어 音 ha-deu-we-eo 讀法 哈的委歐	中 硬體
韓 하드 디스크 音 ha-deu di-seu-keu 讀法 哈的 踢澀克	中 硬碟
韓 소프트웨어 音 so-peu-teu-we-eo 讀法 叟波乏委歐	中 軟體
韓 오퍼레이팅 시스템 音 o-peo-re-i-ting si-seu-tem 讀法 哦潑疊伊聽 細澀泰摁	中 作業系統

電腦

韓 프로그램 音 peu-ro-geu-raem 讀法 波摟革累摁	中 程式
韓 인스톨 音 in-seu-tol 讀法 因澀頭兒	中 安裝
韓 문서 音 mun-seo 讀法 母恩蒐	中 文件
韓 키보드 音 ki-bo-deu 讀法 起剝的	中 鍵盤
韓 키 音 ki 讀法 起	中 鍵
韓 마우스 音 ma-u-seu 讀法 馬嗚澀	中 滑鼠
韓 마우스 패드 音 ma-u-seu pae-deu 讀法 馬嗚澀 配的	中 滑鼠墊

韓	中
모니터 音 mo-ni-teo 讀法 某你透	螢幕，顯示器
모뎀 音 mo-dem 讀法 某得撳	數據機
데이터베이스 音 de-i-teo-be-i-seu 讀法 台伊透北伊澀	資料庫
네트워크 音 ne-teu-wo-keu 讀法 內㲍窩克	網路
버그 音 beo-geu 讀法 婆革	錯誤
해커 音 hae-keo 讀法 嘿扣	駭客
프린터 音 peu-rin-teo 讀法 波淋透	印表機

韓 레이저 프린터 音 re-i-jeo peu-rin-teo 讀法 壘伊鄒 波淋透	中 雷射印表機
韓 스캐너 音 seu-kae-neo 讀法 澀科欸呬	中 掃描器
韓 프린트 音 peu-rin-teu 讀法 波淋忑	中 列印
韓 모바일 音 mo-ba-il 讀法 某八伊兒	中 行動通訊
韓 데이터 音 de-i-teo 讀法 台伊透	中 數據
韓 파일 音 pa-il 讀法 怕伊兒	中 檔案
韓 커서 音 keo-seo 讀法 扣蒐	中 游標

韓 데스크탑 音 de-seu-keu-tap 讀法 台澀克踏舖	中 桌面
韓 폴더 音 pol-deo 讀法 剖兒兜	中 文件夾
韓 아이콘 音 a-i-kon 讀法 阿伊控	中 圖示
韓 윈도우 音 win-do-u 讀法 威恩豆嗚	中 視窗
韓 노트북 音 no-teu-buk 讀法 呢喔忈補	中 筆記型電腦
韓 메모리 音 me-mo-ri 讀法 妹某離	中 記憶體
韓 디스크 드라이브 音 di-seu-keu deu-ra-i-beu 讀法 踢澀克 忈拉伊撥	中 磁碟機

韓 플로피 디스크 音 peul-lo-pi di-seu-keu 讀法 波兒摟癖 踢澀克	中 磁碟，軟碟
韓 허브 音 heo-beu 讀法 齁撥	中 集線器
韓 주변기기 音 ju-byeon-gi-gi 讀法 殂比用嘰嘰	中 週邊設備

韓 인터넷 音 in-teo-net 讀法 因透內	中 網際網路
韓 어드레스 音 eo-deu-re-seu 讀法 歐的壘澀	中 網址
韓 모뎀 音 mo-dem 讀法 某得摁	中 數據機
韓 브로드밴드 音 beu-ro-deu-baen-deu 讀法 波攄的北恩的	中 寬頻
韓 프로바이더 音 peu-ro-ba-i-deo 讀法 波攄八伊兜	中 網路供應商
韓 도메인 명 音 do-me-in myeong 讀法 投妹因 謬恩	中 域名

韓 사용자명 音 sa-yong-ja-myeong 讀法 薩泳加謬恩	中 用戶名
韓 패스워드 音 pae-seu-wo-deu 讀法 配澀窩的	中 密碼， Pass Word
韓 서버 音 seo-beo 讀法 蒐啵	中 伺服器
韓 이메일 音 i-me-il 讀法 伊妹伊兒	中 電子郵件
韓 월드와이드웹 音 wol-deu-wa-i-deu-wep 讀法 我兒的娃伊的畏舖	中 全球資 訊網， WWW
韓 골뱅이 마크 音 gol-baeng-i ma-keu 讀法 口兒北恩伊 馬克	中 電子郵件 符號，@
韓 닷 音 dat 讀法 他	中 點

韓 슬래시	中 斜線號
音 seul-lae-si	
讀法 澀兒雷細	

韓 하이픈	中 連字號
音 ha-i-peun	
讀法 哈伊噴	

韓 넷 서핑	中 瀏覽網頁
音 net seo-ping	
讀法 內 蒐聘	

韓 파일	中 檔案
音 pa-il 讀法 怕伊兒	

韓 검색 엔진	中 搜尋引擎
音 geom-saek en-jin	
讀法 摳摁塞 欸恩金	

韓 신문 音 sin-mun 讀法 新母恩	中 報紙
韓 잡지 音 jap-ji 讀法 茶舖幾	中 雜誌
韓 뉴스 音 nyu-seu 讀法 妮嗚澀	中 電視新聞
韓 정치 音 jeong-chi 讀法 穹氣	中 政治
韓 경제 音 gyeong-je 讀法 柯庸賊	中 經濟
韓 문화 音 mun-hwa 讀法 母呢娃	中 文化
韓 생활 音 saeng-hwal 讀法 塞恩華兒	中 生活

韓	中
평화 音 pyeong-hwa 讀法 偏華	和平
전쟁 音 jeon-jaeng 讀法 穹載恩	戰爭
교통사고 音 gyo-tong-sa-go 讀法 柯優痛薩苟	交通事故
화재 音 hwa-jae 讀法 華載	火災
중경상 音 jung-gyeong-sang 讀法 俎恩哥庸桑	重輕傷
재판 音 jae-pan 讀法 裁胖	判決
사회 音 sa-hoe 讀法 薩灰	社會

韓 국회 音 guk-hoe 讀法 枯魁	中 國會
韓 자유 音 ja-yu 讀法 茶遊	中 自由
韓 주식회사 音 ju-sik-hoe-sa 讀法 殂西魁薩	中 股份有限公司
韓 투자 音 tu-ja 讀法 吐加	中 投資
韓 사건 音 sa-geon 讀法 薩拱	中 事件
韓 노동자 音 no-dong-ja 讀法 呢喔咚加	中 勞動者
韓 파업 音 pa-eop 讀法 怕歐舖	中 罷工
韓 시위 音 si-wi 讀法 細威	中 示威遊行

韓 직업 音 ji-geop　讀法 奇苟舖	中 職業
韓 의사 音 ui-sa　讀法 鵝伊薩	中 大夫，醫生
韓 일러스트레이터 音 il-leo-seu-teu-re-i-teo 讀法 伊兒囉澀忎疊伊透	中 插畫家
韓 기사 音 gi-sa　讀法 柯伊薩	中 技士
韓 운전사 音 un-jeon-sa 讀法 鳴恩烱薩	中 司機
韓 엔지니어 音 en-ji-ni-eo 讀法 欸恩幾你歐	中 工程師
韓 음악가 音 eu-mak-ga 讀法 額馬嘎	中 音樂家

韓 회사원 音 hoe-sa-won 讀法 灰薩溫	中 公司職員
韓 화가 音 hwa-ga 讀法 華嘎	中 畫家
韓 사진가 音 sa-jin-ga 讀法 薩金嘎	中 攝影師
韓 간호사 音 gan-ho-sa 讀法 咖呢喔薩	中 女護士
韓 교직원 音 gyo-ji-gwon 讀法 柯優幾滾	中 教師，教職員
韓 어부 音 eo-bu 讀法 歐哺	中 漁夫
韓 은행원 音 eun-haeng-won 讀法 恩嘿恩溫	中 銀行職員

韓 경찰관 音 gyeong-chal-gwan 讀法 柯庸招兒管	中 警察，警官
韓 예술가 音 ye-sul-ga 讀法 椰蘇兒嘎	中 藝術家
韓 건축가 音 geon-chuk-ga 讀法 孔促嘎	中 建築家
韓 공원 音 gong-won 讀法 空溫	中 工人
韓 공무원 音 gong-mu-won 讀法 空母溫	中 公務員
韓 법관 音 beop-gwan 讀法 婆舖管	中 法官

韓 미장이 音 mi-jang-i 讀法 米醫伊	中 泥水匠
韓 작가 音 jak-ga　讀法 茶嘎	中 作家
韓 상인 音 sang-in　讀法 桑因	中 商人
韓 소방관 音 so-bang-gwan 讀法 叟幫管	中 消防員
韓 장인 音 jang-in　讀法 牆因	中 工匠
韓 신문기자 音 sin-mun-gi-ja 讀法 新母恩嘰加	中 （報章） 記者
韓 스타일리스트 音 seu-ta-il-li-seu-teu 讀法 澀踏伊兒離澀忑	中 （造型 等）設計 師

韓 스튜어디스	中 空中小姐
音 seu-tyu-eo-di-seu	
讀法 澀忑遊歐滴澀	

韓 정치가	中 政治家
音 jeong-chi-ga	
讀法 穹氣嘎	

韓 세일즈맨	中 推銷員，銷售員
音 se-il-jeu-maen	
讀法 塞伊兒子美恩	

韓 설계사	中 設計師
音 seol-gye-sa	
讀法 蒐兒給薩	

韓 선원	中 船員，水手
音 seo-nwon	
讀法 叟努恩	

韓 목수	中 木匠
音 mok-su 讀法 牟蘇	

韓 통역	中 口譯員
音 tong-yeok 讀法 痛喲	

韓 디자이너 音 di-ja-i-neo 讀法 踢加伊呢	中 設計師
韓 점원 音 jeo-mwon 讀法 丘抹恩	中 店員
韓 판사 音 pan-sa　讀法 胖薩	中 判事，法官
韓 비서 音 bi-seo　讀法 皮蒐	中 秘書
韓 미용사 音 mi-yong-sa 讀法 米泳薩	中 美容師
韓 부동산업자 音 bu-dong-sa-neop-ja 讀法 僕哆薩呢歐舖加	中 不動產業者
韓 변호사 音 byeon-ho-sa 讀法 皮優呢薩	中 律師

職業

韓 편집자	中 編輯
音 pyeon-jip-ja	
讀法 票恩幾舖加	

| 韓 약사 | 中 藥劑師 |
| 音 yak-sa　讀法 呀薩 | |

| 韓 인천 | 中 仁川 |
| 音 Incheon 讀法 因衝 | |

| 韓 서울 | 中 首爾 |
| 音 Seoul 讀法 蒐烏兒 | |

| 韓 판문점 | 中 板門店 |
| 音 Panmunjeom 讀法 胖母恩冏摁 | |

| 韓 춘천 | 中 春川 |
| 音 Chuncheon 讀法 促恩衝 | |

| 韓 설악산 | 中 雪嶽山 |
| 音 Seoraksan 讀法 蒐拉三 | |

| 韓 민속촌 | 中 民俗村 |
| 音 Minsokchon 讀法 民嗽聰 | |

| 韓 지리산 | 中 智異山 |
| 音 Jirisan 讀法 奇離三 | |

韓 안동	中 安東
音 Andong 讀法 安哆	

韓 경주	中 慶州
音 Gyeongju	
讀法 柯庸組	

韓 부산	中 釜山
音 Busan 讀法 僕三	

韓 제주도	中 濟州島， 濟州道
音 Jeju-do 讀法 裁組豆	

韓 한라산	中 漢拏山
音 Hallasan	
讀法 哈兒拉三	

韓 경복궁	中 景福宮
音 Gyeongbokgung	
讀法 柯庸葡公	

韓 비원	中 秘苑
音 Biwon 讀法 皮溫	

韓 인사동 音 Insa-dong 讀法 因薩咚	中 仁寺洞
韓 동대문시장 音 Dongdaemun-sijang 讀法 通得母恩 細醬	中 東大門市場
韓 남대문시장 音 Namdaemun-sijang 讀法 難摁得母恩 細醬	中 南大門市場
韓 서울타워 音 Seoultawo 讀法 蒐烏兒踏窩	中 首爾塔
韓 관광지 音 gwan-gwang-ji 讀法 寬光幾	中 觀光地
韓 관광안내소 音 gwan-gwang-an-nae-so 讀法 寬光安內叟	中 觀光案内所，旅客服務中心

韓 도시 音 do-si　讀法 投細	中 都市
韓 시골 音 si-gol　讀法 細苟兒	中 鄉下
韓 고향 音 go-hyang 讀法 口喝央	中 故鄉
韓 예약 音 ye-yak　讀法 椰呀	中 預約
韓 여행사 音 yeo-haeng-sa 讀法 有黑恩薩	中 旅行社
韓 계획을 세우자 音 gye-hoe-geul se-u-ja 讀法 柯欸灰革兒 塞嗚加	中 訂立計劃

韓 탈춤 音 Talchum 讀法 踏兒促摁	中 假面劇
韓 판소리 音 Pansori　讀法 胖叟離	中 說唱藝術
韓 제기차기 音 Jegichagi 讀法 裁嘰洽嘰	中 踢毽子
韓 널뛰기 音 Neolttwigi 讀法 呶兒賭伊嘰	中 韓式翹翹板
韓 부채춤 音 Buchaechum 讀法 僕脆促摁	中 扇舞
韓 씨름 音 Ssireum　讀法 細愣摁	中 韓式相撲
韓 사물놀이 音 Samullori 讀法 薩母兒摟離	中 四物打擊樂

韓 윷놀이	中 擲柶
音 Yunnori	
讀法 遊恩呢喔離	

韓 연날리기	中 放風箏
音 yeon-nal-li-gi	
讀法 庸拿兒離嘰	

韓 그네타기	中 盪鞦韆
音 geu-ne-ta-gi	
讀法 可內踏嘰	

韓 술래잡기	中 躲迷藏
音 sul-lae-jap-gi	
讀法 蘇兒雷加舖嘰	

韓 팽이치기	中 打陀螺
音 paeng-i-chi-gi	
讀法 配恩伊氣嘰	

韓 줄다리기	中 拔河
音 jul-da-ri-gi	
讀法 殂兒打離嘰	

韓 팔씨름	中 比腕力
音 pal-ssi-reum	
讀法 怕兒細愣摁	

韓 가위바위보	中 剪刀石頭布
音 ga-wi-ba-wi-bo	
讀法 咖威八威剁	

韓 눈싸움	中 丟雪球
音 nun-ssa-um	
讀法 努恩薩運摁	

韓 문화재	中 文化財
音 mun-hwa-jae	
讀法 母呢娃載	

韓 전통무용	中 傳統舞蹈
音 jeon-tong-mu-yong	
讀法 穹痛母泳	

| 韓 민요 | 中 民謠 |
| 音 mi-nyo 讀法 米拗 | |

生活會話

生活會話

韓 안녕하세요？ / 안녕하십니까？

中 早安；午安；晚安；您好！

韓 안녕히 계세요. (가세요.) / 안녕히 계십시오. (가십시오.)

中 您留步（您慢走）；再見。

韓 감사합니다.

中 感謝您。

韓 미안합니다. / 죄송합니다.

中 對不起。/ 眞的很抱歉。

韓 괜찮습니까? / 괜찮습니다.

中 有沒有怎樣？/ 沒事。沒關係。

韓 네. / 아뇨.

中 對，是，好。/ 不。

韓 실례합니다만.

中 不好意思，…。

韓 좀 여쭤 보고 싶은데요.

中 我想請問一下…。

生活會話

韓 그것은 어디에 있습니까 ?
中 請問那個東西在哪裡 ?

韓 한번 더 말씀해 주세요.
中 請再說一次。

韓 좀 더 천천히 말씀해 주세요.
中 請再說慢一點。

韓 잠깐만 기다려. / 잠시만 기다려.
中 等一下。

韓 사진을 찍어 주시지 않으시겠습니까 ?
中 可以幫我（們）照相嗎 ?

韓 …에 가고 싶은데요.
中 我想去…

韓 지하철역은[표 파는 곳은] 어디입니까 ?
中 請問地下鐵車站[售票處]在哪裡 ?

韓 이 전철은…에 갑니까 ?
中 請問這輛電車會到…嗎 ?

生活會話

韓 얼마입니까?

中 請問多少錢?

韓 편도입니다. / 왕복입니다.

中 單程。 / 來回。

韓 신용카드로 계산해 주세요.

中 我要用信用卡結帳。

韓 여기서 먹습니다. / 가져갑니다.

中 在這裡吃。 / 帶走。

韓 …은 있습니까?

中 請問有…嗎?

韓 저것을 보여 주시겠습니까?

中 可以給我看一下那個嗎?

韓 다른 색깔도 있습니까?

中 有其他顏色嗎?

韓 다른 디자인은 있습니까?

中 有其他的款式嗎?

韓 입어 봐도 되겠습니까?

中 我可以試穿嗎?

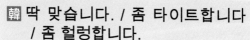

韓 딱 맞습니다. / 좀 타이트합니다 / 좀 헐렁합니다.

中 剛剛好。 / 有點緊。 / 有點鬆。

韓 깎아 주세요.

中 幫我算便宜一點。

韓 이거 주세요.

中 請給我這個。

韓 길을 잃었습니다.

中 我迷路了。

韓 여권을 잃어 버렸습니다.

中 我的護照不見了。

韓 지갑을 소매치기 당했습니다.

中 我的錢包被扒了。

韓 가방을 도둑 맞았습니다.

中 我的包包被偷了。

韓 트윈으로 주세요.

中 請給我雙人房。

韓 일박입니다. / 이틀[사흘] 묵습니다.

中 住1晚。 / 住2[3]晚。

韓 기무라입니다.체크인 부탁합니다.

中 我是木村。我想Check in。

韓 속이 불편합니다.

中 不舒服。

韓 설사를 합니다.

中 拉肚子。

韓 머리가[목이, 속이] 아픕니다.

中 頭[喉嚨，肚子]痛。

韓 열이 있습니다.

中 發燒。

韓 기침이 심합니다.

中 咳得很嚴重。

韓 다쳤습니다.

中 受傷了。

韓 눈에 뭐가 들어갔습니다.
中 眼睛跑進了什麼東西。

韓 화상을 입었습니다.
中 燙傷了。

韓 감기약을 주세요.
中 請給我感冒藥。

韓 두통약은 있습니까?
中 請問有頭痛藥嗎?

韓 졸리지 않는 것으로 해 주세요.
中 請給我不會想睡覺的藥。

韓 나는 알레르기 체질입니다.
中 我是過敏體質。

韓 (지금) 몇 시입니까?
中 請問(現在)幾點?

韓 오늘은 며칠입니까?
中 今天幾號?

韓 오늘은 무슨 요일입니까?
中 今天星期幾?

生活會話

韓 오월에[오월 초순에] 서울에 갑니다.

中 5月[5月上旬]出發去首爾。

韓 가장 좋아하는 계절은 언제입니까?

中 最喜歡的季節是哪個？

韓 봄이[가을이] 가장 좋습니다.

中 我最喜歡春[秋]天。

韓 겨울에는 스키를 타러 갑니다.

中 冬天去滑雪。

國家圖書館出版品預行編目資料

生活韓語單字／韓語編輯
小組主編.--初版--.--臺北
市：書泉, 2012.02
　面；　公分
ISBN 978-986-121-733-8
　（平裝）
1. 韓語 2. 詞彙
803.22　　　　　101000365

3AH0

生活韓語單字

壓　　編 ― 韓語編輯小組

發 行 人 ― 楊榮川

總 編 輯 ― 王翠華

責任編輯 ― 劉好殊

封面設計 ― 吳佳臻

出 版 者 ― 書泉出版社

地　　　址：106台北市大安區和平
　　　　　　路二段339號4樓

電　　話：(02)2705-5066

傳　　真：(02)2706-6100

網　　址：http://www.wunan.com.t

電子郵件：shuchuan＠shuchua
　　　　　　com.tw

劃撥帳號：01303853

戶　　名：書泉出版社

經 銷 商：朝日文化

進退貨地址：新北市中和區橋安街15
　　　　　　　1號7樓

TEL：(02)2249-7714　FAX：(02)2249-87

法律顧問　林勝安律師事務所
　　　　　林勝安律師

出版日期　2012年2月初版一刷
　　　　　2015年5月初版二刷

定　　價　新臺幣180元